菓子屋横丁月光荘

金色姫

主な登場人物紹介

遠野守人《もりひと》
埼玉県川越市から池袋のY大学に通う大学院生。古民家「月光荘」の住みこみ管理人。父母を亡くし、母方にあたる所沢・風間家から、父方の木更津・遠野家に引き取られて育つ。幼いときから家の声が聞こえる。

木谷先生
日本近代文学と地形の研究をしている、守人の指導教授。友人・島田の所有する古民家「月光荘」の管理人に、守人を推薦した。

べんてんちゃん
木谷ゼミの学生、本名・松村果歩。川越生まれの川越育ち、実家は地元の松村菓子店。母・桃子、保育士の姉・果奈とともに地域活動を行う。

田辺悟史《さとし》
守人とは木谷ゼミの同期。やはり同期の石野、沢口とともに、大学卒業後も交流がある。川越の隣り、川島町に住む母方の祖母・喜代は、守人と同様、家の声が聞こえる。

羅《ら》針盤《しんばん》
かつて写真館だった喫茶店。店主の安藤万年《かずとし》は、むかし月光荘に住んでいた少女に羅針盤を贈られたことから、店名の由来とした。

浮草《うきくさ》
守人も通う古書店。長年店主をしていた水上《みなかみ》は余命宣告を受け、バイトをしていた安西明里《あかり》、豊島《とよしま》つぐみのふたりに店を譲り、他界した。

庭の宿・新井
廃業した老舗料亭を、経営者の孫娘・美里《みさと》が再開させた一日五組限定の宿。「浮草」に宿紹介のリーフレット制作を依頼し、友人・佐藤陽菜《ひな》の農園から野菜を仕入れる。

目次

本書は、ハルキ文庫のための書き下ろし作品です。

菓子屋横丁月光荘

金色姫

ほしおさなえ

ハルキ文庫

角川春樹事務所

第一話

繭玉《まゆだま》飾り

1

九月にひとりで鎌倉《かまくら》に行ったあと、修士論文の提出までは時間が一気にすぎた。鎌倉の砂浜でまぼろしを見て、月光荘《げっこうそう》と僕の曽祖父《そうそふ》・風間守章《かざまもりあき》との関係もわかったところで、どこか凪《な》いだような心持ちになったのかもしれない。毎晩、澄んだ星空のもとを歩くように、ただ黙々と論文に向き合うことができた。

十月の終わりに木谷《きたに》先生に経過報告をして、そのたびに論証が不十分だ、先行研究の読みこみが足りない、文章が流れている、などおびただしい量の指摘を受けたが、それも苦痛ではなく、なぜか乗り越えることができるという確信めいたものを感じていたし、指摘に向き合うことで論文の精度があがっていくのがうれしくもあった。

日中はときどき月光荘の業務もあったのだが、どこか夢のなかのできごとのようで、論文の世界こそが現《うつつ》であると感じられた。その時間は信じられないくらいの速さですぎていき、夕方から机に向かったはずが気がつくと夜が明けている、ということもしばしばだった。

大学で過ごす最後の年だし、大学祭にも少しは顔を出そうなどとぼんやり思っていたのだが、大学祭の時期はいつのまにかすぎてしまっていた。べんてんちゃんたちも今年はもう四年生で卒論に追われていたのだろうし、木谷先生も下の学生たちも遠慮したのかもしれない。大学祭の誘いがだれからも来なかったので、気づかないまま終わっていた。
一、二年生のころは、大学祭のようなお祭り騒ぎは自分には無縁だと思っていたけれど、田辺《たなべ》たちと仲良くなったのも大学祭の準備がきっかけだったし、川越《かわごえ》の紙店の息子である笠原《かさはら》先輩と出会ったのも大学祭のおかげである。にぎやかなだけでなく、祭りには人と人を結びつける力があるのかもしれない、とも思う。
月光荘も春にはイベントスペースとしての本格的なオープンをむかえる。それに先立って島田《しまだ》さんも相談したいことがいろいろあるようだったが、修論で頭がいっぱいの僕を見て、これは提出までは無理そうだね、と苦笑いした。

——大学時代の木谷みたいだ。いま話しあってもどうせ中途半端になるだろうから、提出が終わってからまとめて相談しましょう。いまは修論に集中してください。

島田さんはあきらめたように言った。

十一月末日、なんとか結論までまとめ、木谷先生に草稿を渡すことができた。修士論文の提出は正月明けで、これが最後のチェックになる。

「十二月の半ばまでには戻すようにするよ。細かく見るから、修正もそれなりに多くなると思うし、正月ものんびりできないかもしれない。でもあと一息だから、がんばって」

木谷先生の言葉に、ほっと力が抜けた。

「ところで、四年生はどうなっているんですか？　卒論の提出は年内でしたよね」

「卒論は十二月半ばの提出だから、僕からの最終チェックは終わって、一昨日《おととい》渡したところだよ。まだまだの人も多いから、ここから提出日までみんな必死なんじゃないかな。まあ、毎年のことだけど」

木谷先生が言った。僕たちのときもそうだった。田辺や沢口《さわぐち》は最終チェックの段階でかなり完成に近いところまでいっていたみたいだが、僕は結論が途中で、全体の半分くらいしかできていないという強者《つわもの》もいた。

「まったくなあ。年度がはじまったとき、毎年必ず夏休み中にここまでは、っていう話をしてるのに、それができるのは半分もいない。就活が忙しいのもあるんだろうけど」

木谷先生がため息をつく。

「論文を書く機会なんてそうそうないからね。将来の役に立つか、って言われたら微妙だけど、最初から最後まで責任を持ってなにかを仕上げた、っていう経験は大切だと思うんだよね。研究に向いてる人も向いてない人もいるけどさ、自分のできるかぎりのところまでやった、っていうのは自信にもつながるんじゃないかな」

先生の言いたいことはわかる。卒論に精一杯打ちこめば、必ず身になる。でも、それができる人ばかりでないのも事実だ。

「べんてんちゃんはどうでしたか」

「ああ、べんてんちゃんのはすごくいい論文だよ」

先生がにっこり微笑《ほほえ》む。べんてんちゃんは『となりのトトロ』を題材に、アニメーションにおける風景描写について論じたい、と言っていた。木谷ゼミは近現代文学のゼミで、これまでマンガで卒論を書いた人もいたけれど、映像はさすがにダメかなあ、と気にしていたのだが、木谷先生の専門が「文学と風景描写」だということもあり、ＯＫが出た。

「彼女は最初から計画的に進めていたし、映像を扱うということで、慎重に先行論文を調べていたからね。論点がクリアだし、構成もしっかりしてる。なにより読んでいて楽しいんだ。楽しい論文ってそうそうないからなあ。べんてんちゃんならではというか」

「そうですか、よかった」

べんてんちゃんは元気がよくて人懐《ひとなつ》こいという特徴が目立つけれど、しっかり者でもある。計画的に進めているというのも、べんてんちゃんらしいと思った。

「教員採用試験も受かったみたいだね」

「はい、僕のところにも連絡がありました」

十月の終わりごろ、べんてんちゃんからメッセージが来た。埼玉県の教員採用試験に合格して、春からは小学校の教師になるらしい。あのときは短い返事しか書けなかったが、卒論の提出が終わったあたりであらためてお祝いのメッセージを送ろう、と思った。

「小学校の先生か。べんてんちゃんにはぴったりの仕事だなあ」

木谷先生は笑った。たしかにぴったりだ。でも、あのべんてんちゃんが働くのか、と思うと、なんだか不思議な気持ちになる。

「みんな大人になっていくよね。笠原くんも田辺くんも石野《いしの》さんや沢口さんも。遠野《とおの》くんも、もう修士課程修了だもんな。まあ、そのあとも月光荘で働くから、縁が切れるわけじゃないけど。僕だけが変わらずずっとここにいる」

先生はそう言って、窓の外を見た。外には裸の木の枝が重なりあい、その向こうにとなりの校舎が見えた。ななめからの日差しが外壁を照らしている。夏には葉が茂ってあの校舎は見えなかった。冬になると、いつもは見えないものが見える。

机の上にはお茶のはいった湯呑《ゆの》みが置かれている。金継《きんつ》ぎのほどこされた陶器。はじめてここでお茶を出してもらったとき、この金の筋はなんだろう、と思った。割れた器をこうして修復する手法があるのだとそのとき教えてもらった。

器をそのように慈《いつく》しんで使う人に会ったのははじめてで、不思議な気持ちになるのと同時に、なぜかほっとして、やはりこの先生は頼っていい人だ、という思いを抱いた。

「まあ、そのままじゃないか。歳《とし》はどんどん食っていくわけだし」

先生は少しさびしそうに笑った。

みんな育ち、ここを去っていく。それは、木が次々にやってくる鳥たちに抱くのと似たような思いなのだろうか。木の芽が出て、茂り、葉を散らす。木谷先生はここで何度その風景を見てきたのだろう。

大人になるというのは、ひとところに根をおろし、くりかえす季節をながめるようなものなのかもしれない。おだやかに、なにも揺るがないように見えるが、そうやってやってきたものが去っていくのを見続けるなかには、さびしさもあるのかもしれない、と思った。

さすがに家で夕食を作る気力はなく、川越の駅の近くで夕食をとり、月光荘に戻った。

古い木造の家だから、夜はしんしんと冷える。今日は下の地図資料館の番をゼミの学生に頼んでいたが、五時をすぎれば鍵をかけて帰ってしまう。それから数時間経《た》っていたので、床もすっかり冷たくなっていた。

暖房をつけてもすぐにはあたたかくならない。コートを着たまま荷物を片づけ、こたつのスイッチを入れた。今年の秋、べんてんちゃんとお父さんが持ってきてくれたものだ。居間に床暖房を入れたらしく、べんてんちゃんからこたつがいらなくなったので先輩が使うなら持っていきます、と言ってくれた。

そのときはまだそれほど寒くなかったし、木更津《きさらづ》の家にもこたつはなかったから、もらっても使うだろうか、と思ったが、べんてんちゃんに絶対あった方がいい、と押されて受け取ってしまったのだ。だが、十一月の下旬になると夜の寒さが応《こた》えるようになり、ふと思い立ってこたつを出してみたら、これがすばらしくよかった。

なにしろつけるとすぐにあたたかくなる。木造であちこちに隙間《すきま》があるのだろう、いくら暖房をつけてもどこからか冷たい空気がはいってくるのだが、こたつのなかは布団で覆われていて、あたたかい空気が逃げていかない。

椅子《いす》より腰に負担がかかるし、なかなか抜け出せなくなったり、疲れ切ってそのままこたつで眠ってしまうという欠点はあるが、この確実なあたたかさはなににも代えがたい。

コートを脱ぎ、これもまたべんてんちゃんのお父さんからもらった綿《わた》入れ半纏《はんてん》を羽織る。以前知人からもらったが、すでに愛用しているものがあり、物入れに眠ったままになっていたものなのだそうだ。半纏を着てこたつにはいった。

「コタツ」

月光荘の声がした。

「モリヒト、マタ、コタツ」

くすくす笑っているような声だ。

「そうだよ。こたつはあったかいんだ」

僕は答えた。

僕は家の声が聞こえる。子どものころからそうだった。どの家も話すわけではないが、古い家などに行くと声が聞こえる。怖い声もあればやさしい声もある。意味のある言葉を話す家もあるし、なにを言っているのかわからない家もある。

月光荘は、はじめは歌だけしか聴こえなかった。それも音程がずれていて、なんの歌かわからなかった。しばらく聴くうちにそのうちのひとつが唱歌の「月」だとわかり、いっしょに歌ううちに月光荘の歌も上達して、いろいろな歌を口ずさめるようになった。

それからしばらくして、月光荘は言葉を話すようになった。カタコトの子どもくらいしか語彙《ごい》がなく、最初は意思疎通もむずかしかったが、教えているうちに少しずつ言葉を覚え、こちらの問いかけに答えることもできるようになった。

「アッタカイ……」

家には温度の感覚がないのだろうか。昼間はあったかくて、夜は寒い。日の光はあたたかくて、雪は冷たい、など例をあげて説明したが、あまりピンときていないみたいだ。

「人間はね、あまり寒いと病気になってしまうんだ。身体《からだ》がふるえて、辛《つら》くて、なにも考えられなくなる。こたつにはいるとそれがなくなる」

「ゲンキニ、ナル？」

「そうだな。元気になる」

月光荘が「元気」というのがどういうことなのか理解しているとは思えない。でも、元気なのはいいこと、僕がよい状態だということはわかっているみたいだ。

「ベンキョウハ？」

「今日はしなくていいんだ」

「オワッタノ？」

心配そうな声になる。ここ数ヶ月、毎日毎日机に向かってばかりで、なにをしているかはわからないけどたいへんそうだ、と感じていたみたいだ。

「終わってはいないよ」

僕は笑った。

「でも、一段落ついたんだ」

「イチダンラク？」

うっかり、月光荘にはわからないような言葉を使ってしまった。

「ちょっとお休み、ってこと」

僕がそう答えると、月光荘は、フウン、と言った。

「まだ終わったわけじゃないんだ。いま先生に見てもらっていて、それが返ってきたら、またがんばらなくちゃいけない。でも、最後までできたからね。あとは直すだけ」

「モリヒト、ウレシイ？」

月光荘はそう言って、ちょっと黙った。

「うれしい、っていうか、ほっとした」

「ホットシタ」

「そう。ここまできたから、もう大丈夫。ちょっと休んでいい、ってこと」

「ホットシタ。ホットシタ……」

月光荘はしばらくその言葉をくりかえした。その声を聴いているうちに、ああ、ほんとにほっとしたなあ、という気持ちになってくる。

――最初から最後まで責任を持ってなにかを仕上げた、っていう経験は大切だと思うんだよね。研究に向いてる人も向いてない人もいるけどさ、自分のできるかぎりのところまでやった、っていうのは自信にもつながるんじゃないかな。

木谷先生の言葉を思い出し、最初から最後までなにかを仕上げた、というのはこういうことなんだな、と実感した。

それから久しぶりにゆっくり風呂《ふろ》にはいった。湯に浸《つ》かっているうちに、論文の穴が急にあれこれ頭に浮かんで、いますぐ修正したい気持ちにかられたが、今日はもういい、明日落ち着いて論文を読み直してからじっくり考えよう、と思い直した。

今日はとにかく一刻も早く寝る。お湯に浸かるように眠りに浸《ひた》ろう。

そう思いながら床についた。

2

メッセージの着信音で目覚めると、すでに日が高くのぼっていた。

一瞬で眠りに落ちたのだろう、床についたあとの記憶がない。夢もまったく見ていない。見たのかもしれないが、記憶にない。それほどぐっすり眠っていたらしい。スマホを手に取り、画面を見る。時刻は十時すぎ。十二時間近く眠っていたということだ。

メッセージは古書店「浮草《うきくさ》」の安西《あんざい》さんからだった。仕事でつきあいのある「庭の宿・新井《あらい》」で小正月《こしょうがつ》の行事というものがあるらしい。


おはようございます。

来年一月十四〜十六日、新井で小正月のイベントがあり、十四日に「繭玉飾《まゆだま》り」というものを作るワークショップが開催されることになりました。新井の美里《みさと》さんから、次の新井のリーフレットにこの行事のレポートを載せたい、記事はできれば遠野さんにお願いしたい、という依頼がありました。

いまは修士論文でお忙しいと思うのですが、豊島《とよしま》さんの話では、修士論文の提出は一月十日前後とのこと。イベントは十四日なので、もし提出が終わっていたら、イベントに参加して記事を書いていただけないでしょうか。

ご検討ください。


メッセージにはそう書かれていた。修論の提出は一月十一日から十二日である。豊島さんは僕と同じ大学の修士課程一年だから、日程を知っているのだろう。なにごともなければ、十二日には提出できているはず。

月光荘関係の業務は一月下旬までない。論文提出直後でへとへとになっているかもしれないが、十四日はイベントに参加するだけ、記事を書くのはそのあとだと考えれば、できないことはない。

修論執筆中は新井のリーフレット作りにもあまり貢献できずにいた。リーフレットには毎号僕のエッセイが掲載されている。六月刊行の号のために渡した小説のようなエッセイは二回に分ける予定だったが、おさまり切らず六月、八月、十月の三回にわたった。

十二月分は、十月のうちに川越の夜の風景を描いた短いものを渡しておいた。だが、メインになる記事の取材や執筆は、ずっと安西さんと豊島さんにまかせっきりになっていた。

ネットで検索すると、繭玉飾りは餅花《もちばな》というものの一種らしい。餅米《もちごめ》や上新粉《じょうしんこ》で作った団子《だんご》を木の枝に刺し、神棚の近くに飾る。関東から東北にかけて広く行われており、豊作を祈念するためのものらしいが、養蚕《ようさん》がさかんな地域では餅を繭の形にするのだそうだ。

繭。蚕《かいこ》。養蚕……。

川島町《かわじままち》に住む田辺の祖母・喜代《きよ》さんのことを思い出した。喜代さんは僕と同じように、家の声を聴く力がある人だ。今年の春、田辺に連れられて喜代さんの家に行くまで、僕は自分と同じ力を持つ人と会ったことがなかった。

だから喜代さんと会ったときは天地がひっくり返るほど驚き、同時に生まれてはじめて同類に出会ったことに深い安堵《あんど》を感じた。しかも喜代さんの家は、僕の母方の曽祖父・風間守章の建てたものであり、守章もまた家の声を聴くことができたとわかったのだ。あの日は掛け値なしに僕の人生の大きな転換点だった。

その喜代さんの家で、かつては養蚕が営《いとな》まれていたという。繭玉飾りが養蚕と関係があるなら、喜代さんも知っているかもしれない。そんなことを考えながら、記事を引き受ける返事を書いた。

十二月の半ば、木谷先生から修論の草稿が返ってきた。開いたとたん無数の赤字の書きこみが見え、うわあっと思ったが、木谷先生は思いのほか論文の出来をほめてくれた。先行論文をよく調べているし、論旨もしっかり通っている。いつも読みものっぽくなってしまう文体にもだいぶ抑制が効いて、論文らしくなった、あと一歩だよ、とも言われた。

赤字の量を見て、ずいぶんと長い一歩だなあ、と思いつつ、こんなふうにていねいに見てくれたことがうれしくて、ありがたくて、胸がいっぱいになった。

正月も休んでいる暇はないと思ったけれど、大晦日《おおみそか》にべんてんちゃんからメッセージが来た。一日の午後、おせちを食べに家に来ませんか、という誘いだった。

お正月の団欒《だんらん》の場に同席するのはさすがに申し訳ない気がしたが、お父さんの徹二《てつじ》さん、お母さんの桃子《ももこ》さん、お姉さんの果奈《かな》さんもぜひ来てほしいと言っている、と書かれていた。べんてんちゃんの合格祝いとこたつと半纏《はんてん》のお礼もしなければ、と思い、招待にあずかることにした。

メッセージを返したあと、修論の作業を続けるうちに、どこからか除夜の鐘が聞こえはじめた。べんてんちゃんのメッセージには、これから家族で蓮馨寺《れんけいじ》の除夜の鐘をつきにいくと書かれていた。いま聞こえているのも蓮馨寺の鐘なのだろうか。

子どものころ、所沢《ところざわ》の家にいたときには近所の小さな寺に行っていた。祖父母や両親といっしょで、真夜中なのに起きていていい、というのが、なんだかうれしくてふわふわした気持ちになったのを覚えている。

鐘の音が空気を揺らす。鐘だね、と言ってみたが、月光荘はなにも答えない。

ああ、そうか。

前に月光荘から、家はみなお正月には別の世界に行くのだと聞いていた。白い世界。そこで家はみんなヒトになる、と言っていた。それで、大晦日から三ヶ日《さんがにち》にかけて、家々はしゃべらなくなり、町はしずまりかえる。

もう行ってしまったのだろうか。いつもはひとりのときも、月光荘がいっしょにいる。家のなかがしんとして、今日からしばらくはほんとうにひとりになるんだな、と思ったら、少しさびしくなった。

去年は、一日の昼間に木谷先生や田辺やべんてんちゃん、「豆の家《まめのや》」の佐久間《さくま》さんと藤村《ふじむら》さん、笠原紙店の人たちと神部《かんべ》さん、みんなで初詣《はつもうで》に行き、月光荘で新年会を開いた。安西さんや豊島さんも合流して、にぎやかな正月だった。

正月なんて年が替わるだけ。暦《こよみ》なんて人間が勝手に決めたものなのに、やはりどこか不思議な力がある。むかしはみんな正月にいっせいに歳を取ったというし、一周して最初の地点に戻るのだろう。今年やってきたことが全部海の波に引きこまれ、遠のいていく。

大晦日の夜には、いま大事に抱えているものもいつかはみんな海の向こうに行ってしまうという、生きることの儚《はかな》さがありありと見える。それでいて、次の出会いの予感に満たされて、気持ちはふわふわとあかるい。誕生のときの暗闇《くらやみ》から外に出る瞬間のように。

持ちものを失い、生まれたばかりの赤ん坊に近づく。人間たちの力が一年でいちばん弱まるときなのかもしれない。家たちがふだんの居場所から離れ、白い世界に行ってしまうのも、そういうことと関係があるのかもしれない。

むかしは正月に仕事をしてはいけないと言われていた。いまはコンビニエンスストアもあるし、正月は炊事も洗濯も掃除もしない、という家はそんなにないかもしれないが、力が弱まる時期だと考えれば、休むのは理にかなっているのかもしれない。

そんなことを考えているうちに、いつのまにか年を越していた。

目が覚めたときには九時近かった。正月の朝はなぜかよく眠ってしまう。なぜだろうと思っていたが、生まれ直す日なのだと考えれば納得がいく。眠りのずっと底の方まで降りてのぼってくるから、いつもより時間がかかるのかもしれない。

雨戸を開けると、正月らしい日差しがあたりを照らしていた。子どものころから、正月の日差しはふだんとどこかちがう、と思っていた。どこかゆったりしていて、清々《すがすが》しい。どんな年でもそうだから、天気のせいではないはずだ。

ふいに、それも自分が生まれ直したからなのかもしれない、と思った。日差しではなく、自分の方が変わったのだ。そういう伝承や説があるのかは知らない。けれども、少なくとも僕にとってはそれが真理だと感じた。

郵便受けを見ると年賀状も何通か来ていた。それを見たとたん、気づいた。修論のことで頭がいっぱいで、年賀ハガキは買ったものの、書くのをすっかり忘れていた。いまさらだけど、来た人にだけでも返さなければ。

部屋にもどり、年賀状をめくる。木谷先生に島田さん、田辺や沢口、石野、浮草のふたり、「羅針盤《らしんばん》」に豆の家、悠《ゆう》くんとお母さんの綾乃《あやの》さんからのもの。悠くんの年賀状には悠くんの描《か》いた元気な絵が添えられている。

正月の光を浴びながら年賀状の束《たば》をながめるうちに、もう今日は休もう、論文の作業も一切しない、と決めた。冷蔵庫には美里さんからもらった万能だしとお餅もある。あれでお雑煮《ぞうに》をつくろう。

数日前、新井の美里さんがやってきた。繭玉飾りのイベントのチラシを置いてもらうよう、あちこちをまわるところだったようで、月光荘の地図資料館でも何枚か預かって、入口の近くに置くことにした。

——安西さんから聞きました。いまは修論でお忙しいんですよね。

なかにはあがらず、玄関口で立ったまま美里さんが言った。

——いえ、単に自分の手際《てぎわ》が悪いせいなんです。リーフレットの件も浮草のふたりにまかせっきりになってしまって、申し訳なくて。

——遠野さんは、いろいろなことを並行して進めるんじゃなくて、ひとつのことに集中するタイプなんじゃないですか。豊島さんがそう言ってました。

美里さんはくすくす笑った。

——そうそう、今日はこれを渡しにきたんですよ。

美里さんが荷物の中から小さな包みとペットボトルを取り出した。ペットボトルの中には薄茶色の液体が揺れている。

――うちで作った万能だしなんです。薄めて調味料を少し足して温めればそのままでも飲めますし、お肉と野菜を入れればお雑煮らしいものができます。あと、これはお餅。うちでついたものですから、市販のものよりおいしいと思いますよ。

――いいんですか？

――記事を引き受けてくださったお礼です。お料理している時間もないと思いますが、よければお正月に使ってください。お雑煮の作り方も貼っておきましたから。

美里さんはそう言うと、ペットボトルとお餅だけ置いて去っていった。忙しくてお雑煮を作る時間が取れるか自信がなかったが、せっかくいただいたのだからと思って、一昨日買い物に行ったとき、にんじん、大根、三つ葉と鶏肉《とりにく》を買っておいた。

正月には、こういうことをするべきだ。お雑煮を作り、年賀状を書く。それから去年みんなと行った川越氷川《ひかわ》神社にお詣《まい》りにいって、べんてんちゃんの家に向かおう。

肉と野菜を切り、ペットボトルに貼られた手書きの説明を見ながら万能だしを薄めて火にかける。ことことと鍋が音を立て、だしの匂いがふわあっと立ちのぼってきた。

「そうか、餅を焼かないと」

あわててオーブントースターに餅を入れ、つまみをまわす。

薄く切った大根が透明になり、鶏肉にも火が通った。見ると餅もふくらみはじめている。ぷわあっとなったところでトースターを止め、取り出した。

美里さんのだしとお餅のおかげだろう、お雑煮はとてもおいしく、しあわせな気持ちになった。片づけたあとは年賀状を書くことにした。

真っ白のハガキを文字だけで埋めるのはむずかしそうで、簡単なあいさつ文と年号と以前金子《かねこ》さんに作ってもらった月光荘のマークをパソコンで配置して、プリントアウトした。隙間にちょこちょこと各人宛《あて》のメッセージを書き入れる。急ごしらえの印象はぬぐえないが、そこは修論で忙しかったということで許してもらおう。

半分くらいできたところで、身支度して外に出た。初詣してから行くとなると、そろそろ出ないと約束に遅れてしまう。残りは帰ってから書くことにした。

一番街に出ると、開いている店がほとんどで、いつも以上のにぎわいである。着物姿の人も多く、朝感じたような清々しさとは打って変わったはなやかさ。これもまた正月だなあ、と思う。途中ポストに年賀状を入れ、川越氷川神社に向かう。

神社に近づくと参拝客が増え、さらに混みあってきた。列にならんでお参りを終えると三時半近かった。市役所の横の道を抜け、「シアター川越」の前を通る。羅針盤も開いているみたいだ。安藤《あんどう》さんにあいさつしたい気持ちにかられたが、お店も混んでいるようだし、約束の時間に遅れるわけにもいかない。あきらめて素通りし、一番街に戻った。

3

べんてんちゃんの家である松村《まつむら》菓子店は、蔵造《くらづく》りの町並みの向こう、熊野《くまの》神社の近くである。時の鐘のある道も一番街もおおにぎわいで、見ているだけで心が浮き立った。

四時少し前に松村菓子店の前に着く。松村菓子店は今日はお休みらしい。お店の前に大きなお正月飾りが出ていた。

お店の横の小道にはいり、奥にある建物の入口でインターフォンを押すと、すぐに扉があいてべんてんちゃんが出てきた。

「遠野先輩、あけましておめでとうございます！」

べんてんちゃんは相変わらず元気いっぱいである。

「先輩、疲れてませんか？　修論、相当たいへんなんですね」

僕の顔を見るなりそう言った。

「それは僕の要領が悪いだけで……」

「いやいやいや、木谷先生が言ってましたよ、遠野くんは完璧《かんぺき》主義だから、って。わたしたちにも、遠野先輩を見習え、って」

「嘘《うそ》だろ?」

「ほんとですよ」

べんてんちゃんがにこにこ笑った。

「そんなことより、べんてんちゃん、教員採用試験合格おめでとう。お祝いとか準備してる時間がなかったんだけど……」

「お祝いなんていいですよ。ほんとに就職するときにお願いします！　春にすぐ決まるとはかぎらないみたいですけど」

二月に説明会があって、各校の面接はそのあとらしい。勤務地が県内のどこになるかもそれから決まるのだそうだ。

居間には徹二さんと桃子さん、果奈さんがいた。こたつと半纏《はんてん》のお礼とどんなに役立っているかを伝えると、徹二さんは、それはよかった、と満足そうに微笑んだ。

食卓にはおせちのはいった重箱がならんでいた。菓子職人の徹二さんが作ったものもあり、松村家のおせちは豪華絢爛《けんらん》である。さらにお雑煮やローストビーフも加わって、なんだか目がまわりそうなくらいのご馳走《ちそう》だった。

「遠野さんが来るからって、今年はいつもよりさらにゴージャスなんだよ」

ひそっとべんてんちゃんが言った。


「そういえば、新井の小正月のイベント、遠野先輩が記事を書くんですよね」

食事が終わったころ、べんてんちゃんに訊《き》かれた。

「うん。その日ならもう修論は提出し終わっているはずだしね。その日はイベントを取材しに行く予定だよ。べんてんちゃんも行くの？」

「はい、母といっしょに。繭玉《まゆだま》飾りもお団子の一種ですから、菓子店としてはちょっと気になりますし。講師の先生の作った資料も見せてもらったんですよ。それに写真も載ってて。かわいくてきれいですよね」

「講師の先生の資料？　そんなのがあったんだ。知らなかった」

ワークショップとは聞いていたが、講師がいるということも知らなかった。そうなってくると、ただお団子を作るだけじゃなくて、レクチャーもあるのかもしれない。記事を書くなら、前もって資料を読みこんでおかないとまずい。

「資料って言っても、そんなに大量じゃないですよ。すぐ読めると思います。もう新井のサイトにも出てるんじゃないかな」

べんてんちゃんがスマホを取り出し、調べる。

「あ、ありました。ここで読めますよ」

そう言って、スマホを差し出した。丸いボンボンのようなものがついた細い枝の写真がうつっている。

「かわいいですよね。なんとなくお雛《ひな》さまみたいな雰囲気もあって」

べんてんちゃんが言う。柳だろうか、細くしなった枝に、白とピンクの丸く小さな玉のようなものがついていて、花が咲いているみたいに見えた。

「講演もあるみたいです。と言っても、そこまで堅苦しいものじゃないらしいですよ。遠野先輩と豊島先輩で、その講演と繭玉作りの光景をレポートしてほしい、ってことみたいです。資料は遠野先輩の修論提出が終わったころに送るって、安西先輩が言ってました」

メッセージのやりとりをしたとき、忙しいという言葉は書かないようにしたが、滲《にじ》みてしまっていたのかもしれない。資料は二ページくらいの簡単なものである。これならすぐに読めそうだ。

「お団子は、飾ったあと焼いてお汁粉《しるこ》に入れるそうです。参加者が作ったものは持って帰ってもらって、新井には調理場で作ったものを飾って、十六日の午後に焼いてふるまうんだとか」

「ということは、十四日だけじゃなくて、十六日にも行った方がいいのかな」

「安西先輩は、できればお願いしたいけど、遠野先輩が忙しいなら十四日だけでいい、って言ってましたよ。講演は十四日だけなので」

「その講演ってどんな人がするんだろう。なにか知ってる？」

「『川越織物研究会』の会長さんが招いた先生らしいですよ。そのあたりのことは母の方がくわしいかも。ねえ、お母さん」

べんてんちゃんが桃子さんの方を見た。

「『川越織物研究会』の会長は武藤由香里《むとうゆかり》さんっていうの。川越生まれの川越育ち。わたしより三歳下だったかな。美人で頭がよくて、このあたりでは有名人だったのよねえ」

桃子さんの話によると、由香里さんの家はむかし川越で織物問屋を営んでいたらしい。

僕はよく知らなかったが、川越はもともと絹織物の産地で、いまの蔵造りの建物ももとはほとんどが織物の店だったのだそうだ。いまの大正浪漫夢通《たいしょうろまんゆめどお》りの近くに明治期に建てられた川越織物市場という大きな市場があり、さかんに商いがおこなわれていた。由香里さんの家の店ももう畳んでしまったが、かなり大きかったらしい。

「由香里さんは大学を卒業してから都内の大手広告代理店で働いてたんだけど、織物のことを学ぶために大学院にはいり直したんですって」

「え、どうして？」

果奈さんが訊く。

「十年くらい前だったかな、由香里さんの家の蔵を取り壊して建て替えることになってね。蔵をあけてみたらむかしの反物《たんもの》とか着物とかいろいろ出てきた。その見事さにはじめて気づいて、これを処分することはできない、自分が勉強しよう、って決意したんですって。それで、修士号を取ってから着物カフェを作って……」

「着物カフェ？　川越にあるんですか？」

僕は訊いた。

「前は川越織物市場の近くにあったんですよ」

べんてんちゃんが答えた。

「古民家を使ったお店で、店員さんはみんな着物。着物のレンタルや着付けもしてくれて、店内に由香里さんの家の蔵から出てきたものを展示したり、絹の小物も販売したり。けっこうにぎわってたんですよ。一昨年のはじめに建物の関係で閉じちゃったんですけど」

「そうだったんだ」

一昨年のはじめとなると、僕が月光荘に来る前のことだろう。

「もうお店、やらないのかな？」

べんてんちゃんが訊く。

「ううん。また出すようなことを言ってたよ。でも、展示用のギャラリーや織物体験スペースも作りたいから、広い場所を探してるんだって」

「なかなかのやり手だねえ」

果奈さんが感心したように言った。

「商人の血かなあ。『川越織物研究会』も、最初は着物好きが集まる『川越着物会』っていうサークルだったのよね。笠原紙店の美代子《みよこ》さんはそのころからの会員みたい」

「美代子さんは着物好きだもんね。去年の初詣のときも川越唐桟《とうざん》の着物を着てた」

べんてんちゃんが言った。美代子さんとは、ゼミの先輩である笠原先輩のお母さんだ。大正浪漫夢通りの近くで、夫の方介《ほうすけ》さんと「笠原紙店」を営んでいる。

「着物会のときから、由香里さんの大学院時代の先生を招いて日本の製糸業に関する勉強会を開いてたんですって。みんなで富岡製糸場《とみおかせいしじょう》にも行ったとか」

「ああ、世界遺産の？」

べんてんちゃんが答える。

「そうそう。美代子さんに聞いた話では、あそこで働いていたのはみんな武家出身の女性だったらしくて。明治の御一新《ごいっしん》で武家もなにかで稼がなくちゃならなくなったのよね。それで製糸場で働いて仕事を覚え、地元に戻って製糸場を作った。そうやって作られる生糸《きいと》が日本の経済の発展を支えていたとか」

そういえば前に喜代さんの家に行ったとき、明治から昭和初期までは各地の農家で養蚕がさかんにおこなわれていたと聞いた。明治期の日本では国をあげて製糸がおこなわれていた。だから養蚕も栄えたということか。

「今回講演に見えるのも、その先生なんですって」

桃子さんが答えた。

「豆の家の藤村さんも、去年の初詣のあと美代子さんに誘われて、『川越織物研究会』にはいったみたいですよ。ふたりとも、十四日はお手伝いにいらっしゃるそうです」

べんてんちゃんが言った。そういえばあのとき、藤村さんも着物姿だった。

「由香里さんの家もうちと同じで、料亭だったころの新井の常連だったみたいですね。それで美里さんとも親しいらしくて。お店がなくなってからは日中に新井の部屋を借りて着付けやお作法の教室を開いているそうです。遠くからいらっしゃる方も多いとか」

べんてんちゃんが言った。

「へえ、素敵だね」

「でも、参加者はどうしても着物好きの大人の女性ばかりで。むかしは日常着としてみんながら着物を着てた、養蚕も製糸も機織《はたお》りもさかんだった、そういう文化について多くの人に気軽にふれてもらいたい、ということで、今回の繭玉飾りのイベントの企画になったんです。陽菜《ひな》さんの話から思いついたみたいで」

「陽菜さんの？」

陽菜さんというのは、新井に野菜を届けている美里さんの友だちである。川島町の農家で生まれ、いまは陽菜さん自身も農業にたずさわり、無農薬野菜を作っている。

「陽菜さんの家も、むかしは養蚕をされてたとか。それで小正月に繭玉飾りを作ってたって話になったんです。調べてみると写真がいろいろ見つかって、季節感があるし、ほどよいはなやかさでいいね、ってことになったらしくて」

「写真で見るとたしかにかわいいよね。最後に食べられるっていうのもいい。うちの園児たちでも喜びそう」

果奈さんが笑った。

「色には決まりはないみたいで、白だけだったり、紅白だったり、色とりどりにする場合もあるんだそうです。今回のワークショップでは、お子さんの参加を考えて三色にするそうです。色も天然素材のものでつけるとか」

べんてんちゃんが言った。

4

帰り、桃子さんが小さな容器におせちを少し分けて持たせてくれた。お正月らしい時間を過ごせたことに感謝しつつ、べんてんちゃんの家を出た。

一番街もすっかりしずまって、おだやかな夜だった。

月光荘の話では、お正月、家たちはみんな人になり、あの白い世界に行くらしい。だから町を歩いていても、どこからも家の声がしない。

通り沿いにならんでいる建物はみな店舗だから、いまはだれもいない。松村菓子店のように店舗の奥の建物に住んでいる人もいるのだろうが、その声は通りまで届かない。

家の声も人の声もしない。そのしずかな道を歩いていると、さびしいような、それでいて満たされているような、不思議な心持ちで身体のなかがいっぱいになる。

これはなんなのだろう。自分がいるかいないかわからなくなる。いてもいなくてもいいような、ここにこの世界があるだけでじゅうぶんだ、と感じるような。べんてんちゃんの家族とあんなに楽しい夜を過ごしたのに、そういうこともうっすらと遠のいて、やっぱり僕はどこか薄情なのかもしれない、とも思う。

薄情じゃなくて、生きることから剝《は》がれ落ちやすい、ということかもしれない。生きることのただなかにあるのではなく、なにもかもガラス越しに見ているような感じになってしまう。そして、そういう自分がずるい気がして、いやでたまらない。

一番街から路地にはいり、石畳の道を歩く。月光荘に戻ったが、月光荘もまだ白い世界に行ったままなのだろう、呼んでも答えない。階段をあがり、ひとり畳に横たわって、丸窓から暗い空を見あげた。

やっぱりいないとさびしいな。

月光荘のあの幼児のようなしゃべり方を思い出すと、ほっと笑みがこぼれた。

結局、僕は月光荘に救われているんだな。いつも。

きっといまは、月光荘もあの白い世界で、ほかの家たちと楽しくやっているんだろう。僕がべんてんちゃんの家で過ごしていたように。

カバンにつけていた月光荘のプレートを外し、穴から丸窓を見た。鎌倉の海岸で見た父と母のまぼろしを思い出し、あれは月光荘が見せてくれたのかもしれない、と思った。

僕は、この町で生きていくと決めたんだ。人とともに生きたい。ガラス越しに見るのではなくて、いっしょに考え、行動したい。生きるとはそういうことのなかにある。

年賀状の続きを書こうと起きあがったとき、スマホが鳴った。

見ると田辺からのメッセージだった。「あけましておめでとう。今年もよろしく」という短いものだ。年賀状もくれたのに、と思いつつ、繭玉《まゆだま》飾りのことを思い出し、返信の代わりに電話をかけることにした。

田辺はすぐに出た。年賀状のお礼を言ってから、こちらは今日出した、と告げると、そんなところだろうと思ったよ、と田辺は笑った。

「ところで田辺、繭玉飾りって知ってるか?」

「繭玉飾り?　ああ、小正月の?」

田辺がすぐに答えた。

「もしかして、川島町では飾るのか?」

「いや、ふつうの家で飾るかどうかは知らないけど、うちの学校では郷土の文化を学ぶ授業があって、そこで毎年作るんだ。でも、なんで?」

「そうか。今度新井で繭玉飾りのイベントをするんだよ。養蚕にかかわりのある行事だって聞いたから、喜代さんの家とも関係あるのかな、と思って」

「イベントってどういう?」

田辺に訊かれ、べんてんちゃんから見せてもらった資料や、桃子さんから聞いた話をかいつまんで説明した。

「おもしろそうだね。それって、だれでも参加できる？」

「うん。申し込みは必要みたいだけど」

「定員は？　まだ大丈夫かな？」

「参加するの？　美里さんに訊いてみようか。少しは融通《ゆうずう》がきくと思うし」

「それだったら俺が直接新井に訊くから大丈夫だよ」

田辺はあっさりそう言った。

「ちょっと、じいちゃん、ばあちゃんを誘ってみようかな、と思って」

「え、敏治《としはる》さんと喜代さんを？」

驚いて訊いた。

「うん。むかしはじいちゃんばあちゃんちでも繭玉飾りを作ってたみたいで。あれは豊年祈願だから、農家の行事なんだよ。俺の母親が子どものころはどこでもやってたらしい」

田辺は言った。

「前に学校で繭玉飾りを作った、って話したとき、ばあちゃんが、あれはきれいだったね
え、ってなつかしそうに言ってたんだ。今年も作る予定なんだけど、ばあちゃんは外歩く
には車椅子が必要だし」

「そうだね、新井だったら畳だし、ゆったりできるだろうから。それに、新井のは実際に

飾りを作るイベントだから、いっしょに作れると思うよ」

「そうか。ますますいいなあ。けど、行けるかどうかはいますぐにわからないから……」

田辺が言葉を濁《にご》した。

「ばあちゃんの具合によるっていうか……」

「喜代さんの？　なんかあったのか？」

「いや、なにか特別なことがあったわけじゃ、ないんだけど。やっぱり全体に弱ってるから。ますます食が細くなってきてるし、寒くなってからは元気がなくなって。最近は、眠ってる時間も長いんだ。だから、様子を見てみないとわからない」

喜代さんは身体が弱い。むかしから蚕の「眠《みん》」のように何日も眠ってしまうことがあるという話だったが、高齢になったいま、その「眠」のような眠りについている時間が増えてきている、と聞いていた。

「外の世界に関心がなくなっている気もするんだよなあ。だから、遠出する気になるのかわからない。喜ぶかな、と思っても、本人にとっては負担になるだけかもしれないし」

田辺が言った。むかしから、田辺のこういうところがすごいと思う。自分にとっていいことが相手にとってもいいこととはかぎらない。そう想像できる能力がある。

「じいちゃんも俺も、ばあちゃんに笑ってもらいたいんだよなあ。けど、それはこっちのわがままだから」

　田辺の言葉に胸がつまった。喜代さんに笑ってもらいたい。その気持ちはよくわかる。

「ばあちゃんが元気になったら、いろんなところに連れて行きたいと思うんだ。いっしょにきれいなものを見て、おいしいものを食べて。いまの俺ならそれができると思うのに」

　田辺の声が少しふるえている。

「なんでもできるわけじゃない、ってことはわかってたつもりだったんだ。けど、ほとんどなにもできない、って思う。これまでできてる気がしてたのは、自分に見えてることが少なかっただけ。できてるつもりになってただけ」

　それはちがう、と言いたくなる。喜代さんにも田辺の気持ちは伝わっているはずだ。

「ああ、ごめんな。正月からこんな話をしてしまって」

「いいよ」

　僕は答えた。田辺は黙っている。

「いま言っても意味がないかもしれないけど」

　思い切ってそう言った。

「ただいっしょにいるだけで満たされるってことはあると思うんだ。田辺だってそうだろう？　子どものころ、喜代さんの気持ちがわからなくても、いっしょにいるだけでしあわせだった。そのときはわからなくても、いまはしあわせだった、と思うんだろう？」

だれかがだれかになにかできる、なんてことはないのかもしれない。ただいっしょにいるだけしかできなくて、でも、それだけが人を満たす。

「田辺はできるかぎりのことをしてると思う。それでいいんじゃないか」

田辺は大学を卒業し、川島町の学校に赴任してから、平日は喜代さんの家に寝泊まりするようになった。その方が学校から近いということもあるが、ひとりで喜代さんの介護をしている敏治さんを気遣ってのことだ。

月曜から金曜までは川島町の家から学校に通い、週末だけお母さんと妹のいるふじみ野《の》の実家に帰る。川島町では、学校の帰りに買い物をしたり、敏治さんの家事を手伝う。敏治さんも高齢で身体が思うように利かないから、力仕事はすべて田辺が引き受けている。

「最初に行ったときから感じてたけど、田辺にとって喜代さんはほんとに大事な存在なんだな。そのことはきっと喜代さんにも伝わってるよ」

「そうかな。だといいんだけど」

田辺の声が少しあかるくなった。

「繭玉飾りのこと、訊いてみるよ。体調がよければ、行きたいって言うかもしれないし」

「うん。そしたらうれしいよ。僕も喜代さんには会いたいから」

身内ではない、何度か会ったことがあるだけの僕がそんなことを言うのはおこがましいかもしれないが、僕にとっても喜代さんは大事な存在だった。ここのところ修論修論で、川島町にも行けなかった。提出が終わったら会いに行きたいと思っていたのだ。

「そうか、ばあちゃんも喜ぶよ。ばあちゃんは遠野のことをすごく気に入ってるみたいなんだ。体調がいいときはよく遠野のことを話すよ」

「ほんとに？」

少しうれしくなる。

「不思議だよな。俺から見ても、遠野とばあちゃんには、なんかわけのわからない絆《きずな》があるように感じるんだ。あの家を遠野のひいじいさんが作ったからかな」

風間守章。僕の曽祖父が作ったあの家。喜代さんはあの家と長いことといっしょにいる。子どものころから、何十年も。僕にはまだ思い描けない長い年月だ。

——家の声はここに住んでたいろんなものが混ざり合ってできたものなのかと思ってたの。だから、わたしも死んだらそのひとつになるのかな、って。

はじめて会ったとき、喜代さんがそう言っていたのを思い出した。

三ヶ日があけると、月光荘も戻ってきた。向こうの世界は楽しかったか、と訊くと、夕ノシイ、ニギヤカ、ウタ、オドリ、と単語をならべてくる。

「歌？　踊り？　じゃあ、家たちがみんな歌って、踊った、ってこと」

「ソウ」

お正月、家は人になる。人になって白い世界に行く。前に月光荘からそう聞いたが、それがどういうことなのか、いまだにわからない。喜代さんは、ほんとに人になるわけではなく、人のように自分で動けるようになるということではないか、と言っていた。

でも、歌ったり、踊ったりするのか。手足の生えた家が踊っている姿を思い描き、ちょっと笑いそうになる。百鬼夜行《ひゃっきやこう》じゃあるまいし、まさかそんな形のはずはない。

四日の夜には田辺から電話がかかってきた。

「このところ一日じゅう寝ていることも多くて、じいちゃんも医者も心配してたんだけど、繭玉飾りの話を聞いたとたん、行きたい、って。ずいぶんやる気になってるんだよ」

「体調は？」

「俺も心配で様子見てたんだけど、いまのところ大丈夫そうだよ。身体を起こしていることも増えて、顔色もいいんだ。少しずつだけどごはんも食べてるしね。医者もこれだけ元気なら出かけても大丈夫だろうって」

「それはよかった」

「じいちゃんもさ、せっかく行っても寝ちゃったらなにも見られないよ、ってからかったりしてるけど、そんなことない、見るだけじゃなくて自分も作りたい、って、やたら元気で。ばあちゃんが外のことに関心を持つのは久しぶりだったし、じいちゃんも喜んでる」

　田辺はうれしそうに言った。

「それから、その日は宿を取ることにした」

「えっ、宿を？　新井に泊まる、ってこと？」

　驚いて訊いた。

「そう。近いから泊まるまでは、って思ったけど、それだと移動であわただしくなるし、ばあちゃんがせっかくだから泊まってみたいって。旅行なんてもうずっとしてないし、じいちゃんも乗り気なんだ。前から川越の町を見に行きたい、って言ってたしね」

　そういえば、前にそんな話を聞いた覚えがある。最近の川越の町を見に行きたいが、喜代さんがいるから家を離れることができない、と。

「だからさ、イベントがある十四日に泊まることにしたんだ。成人の日で学校も休みだし、俺が車で川越まで連れて行く。それで繭玉作りのあと、じいちゃんとばあちゃんはそのまま新井に泊まる。イベントがあるから満室になってたみたいだけど、年末にちょうど一組キャンセルが出たらしくて」

「夕食は？　新井は夕食は出してないみたいだけど」

「それも、事情を話したら、美里さんが特別に作ってくれるって。温泉旅館の夕食みたいなゴージャスなメニューじゃないみたいだけど、その方がかえっていいから」

「そうか。美里さんの料理はすごくおいしいんだ。野菜中心だけど、素材がいいからね。田辺は？　いっしょに泊まるの？」

「いや、俺は翌日学校だからさ。夜までいっしょにいて、川島町に帰るつもり。それで、学校は半休にして、車で迎えに行く。チェックアウトも午後までのばしてもらった」

「そしたら、次の日の昼間、僕が新井に行こうか。僕が喜代さんといっしょにいれば、敏治さんは町を見に行けるだろう？」

「いいのか？　忙しいんじゃ……」

「もうそのときは修論提出が終わっているはずだから、問題ないよ」

提出が終わっていなかったら、別の意味で大問題だが。

「そうか……。それは助かるなあ。じいちゃんもだけど、ばあちゃんも喜ぶと思う。遠野と話したがってたから」

僕にとっても喜代さんとゆっくり話せる機会ができたらありがたい。鎌倉に行ったあと、守章が月光荘にかかわっていたらしいこともわかったけれど、そのあたりについてはまだ話していなかった。

「あと、十四日の夜、もしよかったら田辺はうちに泊まらないか？　次の日うちから出勤することになると、遠いかな？」

「いや、前はふじみ野から通ってたし、それは大丈夫だけど」

「帰っても敏治さんも喜代さんもいないわけだし、泊まってもいいんじゃないか」

「それはそうだなあ。そうすれば遠野ともゆっくり話せるか……」

田辺は少し考えてから、じゃあ、そうしようかな、と言った。

5

一月八日には、書きあがった修論をいったんすべてプリントアウトし、紙の上に赤字を入れた。不思議なことに、紙で見るとあたらしいミスが見つかる。最初から何度か読み直し、最後のチェックをおこなった。

修論の提出日は一月十一日と十二日の二日間。明日一日かけてもう一度チェックしたい気もする。でも、なにが起こるかわからない。突然雪が降って交通機関が動かなくなるかもしれないし、十一日の夜に突然高熱が出るなんてこともあるかもしれない。

もう何度も確認したんだから、とにかく早く出しにいこう。そう心に決めて床についた。高揚していたせいかなかなか眠れず、四時近くまで記憶がある。それでも緊張していたせいか、八時前に目が覚めた。

身支度だけ整えると、朝食もとらずに外に出た。川越駅までの道を歩く。まだ店は閉まっていて、きりきりと冷えた空気のなかに白い息が広がる。電車に乗って席に座ると、あとはこのまま揺られていくだけだ、と少しほっとした。

事務室に行くと、論文は窓口でなにごともなく受理された。受付の人に、お疲れさまでした、と言われ、無言でうなずいて外に出た。

終わったんだ。ほうっと身体がほぐれ、深呼吸した。木谷先生は今日は地方の講演に出かけているはずだが、提出したことを報告するためにメッセージを打った。

——おめでとう。早かったね。

あっという間に返答が来た。

——出してしまわないと落ち着かなくて。でも、何度も見直しました。

——大丈夫だよ。あれだけがんばったんだから。

その言葉に、なぜか涙がこぼれそうになった。

——ありがとうございます。おかげさまで、なんとか書きあげることができました。

——遠野くんはよくがんばったと思う。論文を読むのを楽しみにしてるよ。

僕は、がんばったんだろうか。

わからない。でも、いま僕にできるかぎりのことはした。

——まだ月末に最終試験があるからね。たぶんもう問題はないと思うけど。

木谷先生のメッセージが続く。

——わかりました。よろしくお願いします。

最終試験が終わったら、木谷先生になにかを教わる機会ももうないんだな。この大学に来ることもない。そう思うと、この前と同じ気持ちが浮かんできて、なにかが終わる、というのはこういうことなのかもしれない、と思った。

お腹《なか》は空《す》いていたが池袋《いけぶくろ》でひとりで食事する気にはなれず、そのまま川越に戻ってきた。提出した安堵と喪失感で、見慣れた風景がいつもと少しちがうように見える。

僕が大学で過ごす日々も終わり、べんてんちゃんも卒業して教師になる。終わっていく、終わっていく、という言葉が木霊《こだま》のように頭のなかに響く。

よるべない気持ちになって、昼は羅針盤で食べようと思った。いまならランチタイムだから、軽食がある。久しぶりに安藤さんのおだやかな笑顔を見たくなった。

鐘つき通りを曲がって、羅針盤に向かう。羅針盤はもともと安藤さんのお父さんが営む写真館だったらしい。洋館風で、白い壁にアーチ型の窓がならぶ。なんともレトロな雰囲気で、人気があるみたいだった。

お昼どきで混んではいるが、カウンター席がひとつ空いていた。

「おや、遠野さんじゃないですか。久しぶり」

カウンターの向こうから、安藤さんがにこにこ話しかけてくる。白髪で、笑うと目尻に深い皺《しわ》ができる。

「ご無沙汰《ぶさた》しました」

そう言って、軽く頭をさげた。

「そうだねえ。最後に来たのは十月？　いや、九月だったかな。ずっと来ないから、どうしたのかな、と思ってたんだよ」

そんなに来ていなかったのか、とちょっと驚いた。たぶん最後に来たのは大学の後期の授業がはじまる前日。でも、そのあとこんなに長く来られなくなると思っていなかったから、特別なにも言わなかったのだ。

「修士論文を書いてたんです。それでずっと引きこもってて……。ようやく今日提出してきました」

「ああ、修士論文。そうか、もう修士二年だったもんなあ。ということは、もうすぐ川越に来て二年経つ、ってことか」

「そうですね。そうなります」

僕が月光荘に越してきたのは、修士一年のゴールデンウィークのさなかだった。だからまだ二年までは間があるけれど、そういう時期が迫ってきているのはたしかだった。

「あれ、そしたらもしかして、べんてんちゃんも四年生？」

「そうです。だから十二月半ばまで、べんてんちゃんも卒論に追われてたはずです」

「なるほど、それでふたりとも顔を見せなかったのか。そういえば、べんてんちゃんは先生を目指してる、って話だったけど……」

「ええ、教員採用試験も合格したみたいです。春にすぐ決まるかはわからないそうですけど、来年度は小学校の先生になるってことですね」

「そうか、参ったなあ。あのべんてんちゃんが働くとは……。わたしも年をとるはずだ」

安藤さんが笑った。

「ええと、注文は？」

「そうでした。ランチをいただこうかと。カレーはまだありますか？」

「うん、あるよ」

安藤さんがうなずく。

「あとは食後に日替わりのコーヒーをお願いします」

「日替わりね」

そう言うと、安藤さんは奥の厨房《ちゅうぼう》に、カレーひとつ、と声をかけた。

「大学院は出ても、遠野さんは月光荘に住み続ける、っていう話だったよね」

水を入れたグラスをテーブルに置きながら、安藤さんが訊いてきた。

「はい。春からは月光荘もイベントスペースとして本格的にオープンしますし」

「じゃあ、また忙しくなるね」

「そうなんですけど……。修論を出し終わったらなんだか少しさびしくなってしまって」

「え、どうして？」

安藤さんが目を丸くした。

「いろんなことが終わっていくなあ、って。大学にももうほとんど行かないと思いますし、これまでだって毎日行ってたわけじゃ、ないんですけどね」

「たしかにね。春は別れの季節。けどまあ、それはひとつの時期が終わるってだけでしょう？　わたしみたいに人生自体が終わりに近づいてるのとはちがうんだから」

安藤さんがははははっと笑う。

「安藤さん、まだまだ元気じゃないですか？」

「いやいや、身体のあちこちガタが来てて、しんどいことばっかりだよ。若いころとはちがうんだ。肩がまわらないとか、疲れが取れないとか、どれもたいしたことじゃないんだ。でも、できないとやっぱり落ちこむんだよねえ。この仕事もあと何年続けられるか。店は息子が継ぐって言ってくれたから、そういう意味では安心なんだけどね」

そう言って、店内を見まわす。

「息子は写真が趣味でね。写真館をしていた父の影響かもしれない。でも、あのころみたいなカメラじゃないよ。デジカメ。現像じゃなくて、プリントアウト。世の中変わったよねえ。あのあたりのあたらしい写真は息子が撮ったものなんだ」

安藤さんが店の奥の壁を指す。羅針盤の壁には、あちこちに安藤さんのお父さんが撮ったむかしの川越のモノクロ写真が飾られている。僕が引っ越してきてすぐのころに見つかった月光荘の写真もある。奥の一角にだけ見覚えのないカラー写真がならんでいた。

「前に来たときはなかったですよね」

「うん。秋にこの店で息子の小さな個展を開いてね。それが好評だったから、一部残すことにしたんだ。これまでは古い写真ばかりで、それが店の個性だと思ってたんだけどね。あのカラーの写真も悪くないだろう？」

　息子さんが撮ったカラーの写真には、いまの川越が写っている。一番街や菓子屋横丁《かしやよこちょう》のにぎわいに弁天横丁《べんてんよこちょう》や稲荷小路《いなりこうじ》の佇《たたず》まい、氷川神社や喜多院《きたいん》、三芳野《みよしの》神社。古い写真と見くらべると、時の流れとは不思議なものだと思う。

「古いものはいつのまにか姿を消して、あたらしいものが芽吹いている。そういうもんかなあ、と思って。みんないつかはひっそり姿を消す。そういう日が近づいているんだ、って思うんだ。もちろんわたしなりに元気に生きるよ。でも朝、目が覚めたときに窓の外が晴れていると、しあわせなんだけど、うっすらさびしくなる」

　厨房の小窓にカレーの皿が出てくる。安藤さんはそれを受け取って、僕の前に置いた。カレーのいい匂いがふわっと漂ってくる。

「それにくらべたらさ、遠野さんのは若さゆえのメランコリーでしょ？　実際にはこれからはじまることがたくさんあるんだから。春は出会いの季節でもある。これからの方が長いんだよ。月光荘を守《も》り立てていかないと」

「たしかにそうですね。いただきます」

　そう答えて、カレーを口に入れた。羅針盤のカレーは、さらっとしていて色は黒め。野菜は溶けこんでしまって、形があるのは肉だけ。辛さはそこまでないが、スパイスは効いている。生きろ、と言われているみたいだ。

若さゆえのメランコリー。これからの方が長い。その通りだ。感傷に浸っている場合じゃない。みんな生きるためにがんばっている。田辺もべんてんちゃんも、美里さんも。石野や沢口、浮草の安西さんや豊島さんも。

食後、久しぶりに安藤さんのコーヒーを飲んだ。はなやかな香りで、身体の芯《しん》でなにかが踊っているような気分になる。僕のなかにも生きる力がつまっている気がした。

コーヒーを淹《い》れる安藤さんの横顔を見ながら、来てよかったな、と思った。

月光荘に戻ってパソコンを開くと、浮草の安西さんからイベントの詳細が送られてきていた。当日は新井の大広間で繭玉《まゆだま》作りをおこなうらしい。結婚披露宴《ひろうえん》ができるくらいの広さがあるから、相当にぎやかな会になるだろう、と思った。

繭玉飾り作りは一日じゅう通しておこなわれるが、午後二時からは由香里さんが大学院で教わった白木《しらき》先生の講演がある。この時間帯だけ大広間に講演用のスペースを作るようで、こちらは予約制。定員はすでにいっぱいになり、申し込みは打ち切られていた。

イベントの趣旨の説明のあとには、当日のタイムスケジュールや各人の仕事の流れが表にまとめられていた。美里さんが作ってくれたもののようで、その細かさに驚いた。

繭玉飾りの材料は新井のスタッフが厨房で用意するので、僕たちの仕事は会場設営や受付、場内での人の整理がおもだった。豊島さんと僕は並行して、リーフレットに記事のため繭玉飾り作りの様子を写真に撮ったり、参加者のインタビューをおこなったりする。

このところずっとひとりの作業を続けてきて、イベントの仕事に対する勘もすっかり鈍《にぶ》っている。美里さんの表を見て、頰《ほお》を叩《たた》かれたような気持ちになった。今回は取材するだけじゃなくて、裏方の動きをしっかり勉強しなければ。

——春は出会いの季節でもある。これからの方が長いんだよ。月光荘を守り立てていかないと。

安藤さんの言葉を思い出し、その通りだな、と思った。

6

十四日の朝は、九時に新井に集合した。

僕の知り合いで手伝いに来ているのは、安西さん、豊島さん、べんてんちゃん。イベント開始は十一時。安西さんとべんてんちゃんは、新井のスタッフといっしょに大広間と受付のセッティングをおこなう。十時半になったらべんてんちゃんは受付にはいり、浮草の番があるので安西さんは店に戻る。

豊島さんと僕は、まずは厨房でおこなわれているお団子の準備を取材することになっていた。役割分担の表には、取材と並行して厨房からお団子を運ぶ、とあった。お団子を運ぶとはどういうことか、と思いながら厨房に向かう。

すでに川越織物研究会の人たちが来て、美里さんといっしょに準備をはじめていた。藤村さんと美代子さんもいて、ほかのメンバーといっしょに楽しそうに作業している。

織物研究会だけあって、みな和服である。美里さんも着物姿だ。といっても、作業があるので晴れ着ではなく、僕にはよくわからないが、紬《つむぎ》や小紋《こもん》といって、ふだん用の着物らしい。その上に白い割烹着《かっぽうぎ》を着ている。

美里さんに紹介され、会長の由香里さんにあいさつした。桃子さんからいろいろ聞いていたが、はなやかでパワフルな人だとひと目でわかる。二重で大きな目。瞳がきらきら輝いて、声もよく通る。

「遠野さんと豊島さんでしたよね。今日はよろしくお願いします」

自己紹介する前にいきなり名前を呼ばれ、どきっとした。美里さんから聞いていたのだろうが、一瞬で人の心をつかむ力がある。どことなく島田さんに似ている、と思った。川越の商人の血筋なのだろうか。

由香里さんの説明を聞きながら、団子作りを取材した。

今回の繭玉は、米粉《こめこ》というものを使うらしい。ボウルに米粉を入れ、ぬるま湯を少しずつ加えて手で混ぜ合わせ、耳たぶくらいの硬さになるまでこねる。白、桃色、緑の三色の繭玉を作ることになっているので、塊を三つ作り、白以外のそれぞれに色粉《いろこ》を入れる。

色ごとに握りこぶし大の団子にし、蒸《む》し器で二、三十分蒸す。蒸しあがって少し冷ましたものを大広間に運び、参加者にそれぞれついてもらう。熱いうちの方が丸めやすいので、厨房でどんどんあたらしい団子を蒸し、できた順に大広間に運ぶ。

「次のお団子が蒸しあがったらおふたりのスマホにメッセージを送りますから、厨房まで取りに来てください」

美里さんに言われ、うなずく。役割分担表にあった「お団子を運ぶ」というのはそういうことか、とようやくわかった。

米粉とぬるま湯を混ぜてこねる人、色の粉を足して蒸し器に入れる人。作業がはじまるとそれぞれ忙しそうに手を動かし、にぎやかな声が厨房に響く。団子を蒸すいい匂いも漂いはじめ、お祭りの準備みたいだ。

イベントの開始時間が近づいて、団子も蒸しあがった。握りこぶし大の団子を小さな容器に入れ、三色セットで参加者に渡す。一度に十組分ほどできるので、器は三十個。これを豊島さんと僕で大広間まで運ぶ。

大広間にはすでに人がはいっていて、蒸しあがった団子を持った僕たちがはいっていくと、おおお、と声があがった。大広間の真ん中にいた美里さんが、お団子はこちらにお願いします、と手を振っている。人の合間を抜け、美里さんのところまで持っていった。

美里さんが団子のはいった器とすりこぎと柳の枝を渡し、参加者はそれぞれの座卓に持っていく。家族で参加している人も多く、数人いっしょに作業できるだけの広さが取られていた。全部配り終わると、美里さんが座卓をひとつずつまわって、つき方やつき具合を説明する。豊島さんはその様子を写真におさめている。

こねて、ついて、なめらかになったら、いよいよ繭玉作りだ。少しずつちぎって丸め、枝に刺したりくっつけたりする。小さな子どものいる家族づれも多く、みな思い思いに楽しんでいる。

参加者のところをまわり、感想を聞いたり、写真を撮ったりした。人を写すときはリーフレットに掲載してもいいか確認を取るように、と美里さんから言われていた。断る人はほとんどいなかったが、イベント運営ではこういうことも大事なんだな、と思った。

各卓で繭玉飾りがどんどんできあがっていく。白、桃色、緑の繭玉が柳の枝にくっつけられ、花が咲いたみたいだ。お正月っぽくもあり、べんてんちゃんが言っていたように、なんとなく雛《ひな》祭りを思わせるところもある。

できあがった人たちは、繭玉飾りを手に帰っていく。小さい子どもが繭玉のついた柳を持って、ふわふわ振ったりしているのはなんともかわいらしい。

ひととおり撮影が終わったころ、スマホにメッセージがはいった。次のお団子が蒸しあがったらしい。カメラやメモ帳をしまい、豊島さんと厨房に向かう。途中ロビーを通ると、ソファで待機している次の参加者をべんてんちゃんが受付に誘導していた。

厨房で蒸しあがったお団子を受け取り、大広間へ。もう何組かあたらしいお客さんがはいって来ている。あたらしいお団子を置き、空っぽになった容器を受け取って厨房に戻す。参加者の声を拾って、撮影して、厨房から声がかかったらお団子を取りに行く。そのくりかえしで、休む間もなかった。

気がつくと、いつのまにか一時をまわっていた。

「遠野せんぱーい」

大広間の入口からべんてんちゃんの声がして、見ると田辺と喜代さんたちが来ていた。喜代さんは館内用の車椅子に乗っている。畳敷きの大広間に車椅子であがるのは気が引けたようで、田辺が喜代さんを背負ってこちらに来た。

「こんにちは。今日は誘ってくれてありがとうね」

喜代さんが僕に言った。顔色もよく、うれしそうににこにこ笑っている。元気そうだ。

「えーと、どうすれば……」

田辺が訊いてくる。

「お団子と柳を受け取って、それぞれの座卓で作るんだ。あそこが空いてるから」

このあと午後二時からの講演に備え、大広間の入口に近い半分は座卓を片づけることになる。喜代さんたちは移動がむずかしそうなので、片づけない側の座卓に案内した。

「これ、使うんですよね？」

うしろから豊島さんの声がした。座椅子と座布団を運んできてくれたのだ。喜代さんを座らせるために座椅子と座布団がいるだろうと思い、部屋の隅に用意しておいたものだった。ありがとう、と答えたとき、スマホが鳴った。次のお団子ができたらしい。

「遠野先輩は大丈夫ですよ。わたし、ひとりで取ってきますから」

座椅子と座布団を置くと、豊島さんがそう言った。

「ひとりじゃ無理だよ」

「二回行きますから」

「いや、大丈夫だよ。ここまで準備してくれれば、僕たちでできる。いつもやってることだから慣れてるし」

田辺が答える。

「じゃあ、取りにいったらすぐ帰ってくる」

そう言って、豊島さんと厨房に向かった。あたらしい団子を運び、空になった容器をさげる。団子や枝を一セット持って、田辺たちのいる座卓に持っていった。座椅子と座布団を組み合わせ、喜代さんはいい具合に座っている。

「お団子、なつかしいねえ」

喜代さんが敏治さんに言う。

「そうだなあ。長いこと作ってなかったからな」

敏治さんがうなずき、慣れた手つきで白い団子をこねはじめる。

「わたしもやってみる」

「ええっ、大丈夫？」

田辺は驚いた顔になる。

「大丈夫だよ、慣れてるから」

「そうか、そうだよな。むかしはよくお団子作ってくれたもんな」

田辺は息をつき、ほぐれるようににっこり笑った。ふだん見たことがない子どものような笑顔で、その顔を見たとたん、なんだか少し悲しくなった。

「何色がいい？」

「桃色」

喜代さんがにこやかに言う。田辺は喜代さんに桃色の団子のはいった器を渡す。喜代さんは慣れた手つきでこねはじめた。

「じゃあ、俺は緑か」

田辺はそう言って、緑の団子をつきはじめた。三人ともなごやかに話しながら、楽しそうに作業している。

「こんにちは。よくいらっしゃいました」

美里さんがやってきて、畳に手をついて敏治さんと喜代さんにお辞儀した。

「今晩はよろしくお願いします。いいイベントですねえ」

敏治さんも頭をさげる。喜代さんもにこにこ微笑んでいる。

「ありがとうございます。実はわたしたちは繭玉飾りの行事のことをよく知らなくて。由香里さんといっしょに勉強したんです。だから、むかしのほんとの繭玉飾り通りにできているか、あまり自信がないんですが……」

美里さんが言った。

「いやいや、家によって少しずつちがうものだったから、これでいいと思いますよ」

敏治さんが答える。

「おふたりの家ではむかし養蚕が営まれていた、と田辺さんから聞きました」

「そう。わたしは婿《むこ》養子で、あそこは喜代の家なんです。わたしがあの家にはいったころはもう養蚕をやめてしまっていたので、わたしは養蚕のことはよく知らんのです。でも、むかしは蚕室《さんしつ》もあって、喜代が子どものころは蚕をたくさん飼っていた、って」

「そうそう。わたしは子どものころ、お蚕さまの下で暮らしていたんですよ」

喜代さんがにこにこ微笑むと、美里さんも笑顔でうなずいた。

「繭玉を作るときは、お蚕さまの健康を祈ってたんですよ。お蚕さまがみんな繭になれますように、って」

喜代さんが言う。

「繭玉飾りは豊作を祈念するためのものだと聞きました」

「自然のできごとは人にはどうにもできないんだよね。うちも養蚕はしてなかったけど、繭玉飾りは作ってたなあ。作物の無事を祈って。作物の出来や生死が自分たちの生死とつながってたし、自然のことは神さまにすがるしかなかったからねえ」

敏治さんが言った。いまはのんびりした空気の中で繭玉飾りを作っているが、当時はもっと切実な願いがこめられていたんだろう。

「わたしは豊作というより、お蚕さまの健康自体を祈っていたように思います」

喜代さんが言った。

「お蚕さまは弱いから。天候や、病気で育てていたお蚕さまがみんな死んでしまったり、糸を吐けなくなってしまうこともあったんですよ。そうするともう、その蚕たちは土に埋めるしかないんです。それが悲しくてね」

「喜代は蚕が好きだったんですよ」

敏治さんが微笑む。

「蚕が……。そうだったんですね」

美里さんが喜代さんを見つめた。

「かわいいですからねえ、お蚕さまは」

喜代さんがうれしそうにうなずく。

「美里さん、受付に来てもらえますか。お客さまからお問い合わせがありまして」

宿のスタッフがやってきて、美里さんに言った。

「わかりました。いま行きます」

美里さんはそう答えてから、喜代さんたちの方を向いた。

「養蚕の話、白木先生や由香里さんも興味を持つと思います。講演のあとで、ご紹介しますね。繭玉飾り作り、楽しんでください」

お辞儀して立ちあがり、受付に向かっていった。


そのあと白木先生が到着し、講演の会場準備もはじまった。大広間の片側の、繭玉作りが終わった座卓から少しずつ片づけ、人々がならんで座れるように座布団を置く。白木先生がスライドを使うので、スクリーンやプロジェクターも設置した。

豊島さん、べんてんちゃんといっしょにその作業をしているあいだに、田辺たちの繭玉飾りもできあがったようだった。白、桃色、緑の繭玉がついた枝が座卓の上に飾られている。慣れているだけあって、繭玉の形もきれいで、なめらかだ。

午後二時になり、講演がはじまった。この時間は繭玉作りはお休みで、お団子を蒸す作業もいったん中断し、厨房にいた織物研究会の人たちも講演を聴きに大広間に集まってきた。前に由香里さんが立つと、そこにぱっと光が当たったようにはなやかになる。

「こんにちは。川越織物研究会の武藤由香里です。今日はイベントにお越しいただき、ありがとうございます」

よく響く声でそう言うと、由香里さんが自己紹介をはじめた。

自分が織物問屋の出身であること、家の蔵から出てきた反物や着物に刺激されて「川越着物会」を作り、「川越織物研究会」に発展したことなどが語られた。

「今日は、わたしが大学院でお世話になった白木桂子《けいこ》先生をお招きして、日本人と蚕の不思議な関係について語っていただきます」

由香里さんの紹介で、白木先生が前に立った。白木先生も着物姿である。ゆっくりとお辞儀をすると、蚕にまつわる伝承について語りはじめた。

伝承は数多くあり、『古事記《こじき》』や『日本書紀《にほんしょき》』に登場する神道系《しんとう》の神ではない、民俗信仰的なものも多いのだそうだ。そのなかでもっとも有名なのが、蚕影山大神《こかげさんだいじん》である。蚕影神とも呼ばれ、茨城県つくば市の蚕影《こかげ》神社がその中心となっている。

この蚕影山大神の縁起《えんぎ》として、「金色姫物語《こんじきひめ》」という伝説が伝わっている。インドの王のもとに生まれた姫君、金色姫が継母《ままはは》にうとまれ、何度も殺されかかった末、桑《くわ》の木で作ったうつぼ舟に乗せられて海に流され、それがこのあたりに流れ着いた。姫は救い出されるがやがて病で亡くなり、その亡骸《なきがら》から蚕が生まれた、という伝説である。

伝説のなかの姫が山に捨てられたり、島に流されたり、穴に埋められたりという受難が蚕の「眠《みん》」に、最後のうつぼ舟が繭に相当している、と考えられており、実は茨城県だけでなく日本各地に似た話が存在するらしい。

「姫の名前がなかったり、細かい相違点はありますが、難を受けた娘が蚕になる、という点は一致していて、むかしから女性と蚕に深いつながりがあること、また、女性の身体が蚕になるという想像力が広く存在していたことがわかります」

説明の画像を映しながら、白木先生が言った。不思議な話だ。女性が繭のような木の舟に入れられ、海に流される。そこから蚕が生まれる。そんな話が各地に伝わっているとは。

「蚕を育てるのは、近代になってもやはり女性の仕事でした。女性たちはわが子を育てるように蚕の世話をしていたようです。蚕の卵を産みつけた紙を種紙《たねがみ》と言いますが、これを女性たちが背中に入れてあたためていた、という記録もあります。蚕はほかの家畜とはちがって家のなかで暮らします。気温や湿度は人間と同じような状態を好むと言われ、養蚕農家はつねに蚕が心地よいと感じる環境を作るよう気を配っていました」

背中に入れて卵をあたため、同じ家で暮らす。敏治さんから、むかしは蚕のことを「お蚕さま」と呼んでいた、と聞いたが、そこまでだったとは。

「蚕は感情を持つ、と考えられていて、当時の養蚕の指南書《しなんしょ》には、蚕にはおだやかに接する、蚕のいる場所で声をあらげたりすると出来が悪くなる、という記述もあります。蚕にとって快適な環境を整え、人もおだやかに過ごすよう求められていたんですね」

人が声をあらげると出来が悪くなる。ほんとうにそんなことが起こるのかわからないが、諍《いさか》いがあったり、荒れている家では蚕の世話もおろそかになる。繊細な生きものだから、そうなれば当然質が落ちる、ということなのだろう。

「女性たちにとって蚕の豊作はさまざまな意味で切実な願いでした。嫁が来た年に繭がたくさん取れれば『蚕神《かいこがみ》が来た』と言われ、繭が不作になれば嫁が『はずれ』と呼ばれた。そうしたところから養蚕神《こかいしん》への信仰心も強くなっていったようです」

話を聞くうちに、以前テレビで見た白川郷《しらかわごう》の合掌造《がっしょうづく》りの映像を思い出した。合掌造りの家では、上階で養蚕がおこなわれ、その下で人が暮らしていた。その生活は厳しいもので、なにか大きなものを支えるために命を捧《ささ》げているように見えた。

その大きなものというのがあの大きな合掌造りの家なのかもしれない、と思う。家という言葉は建物だけでなく、祖先から代々続く家族集団のことも指す。建物であるのと同時に、世代を超えてそこに暮らす人々の集合体のようなもの。

人の思いがより集まってできた大きな存在。それが家なのだとしたら、家の声とも関係があるのかもしれない。

「蚕影信仰は女性が支えたものだったので、しばしば安産の神と重なっています。そしてまた、富士講《ふじこう》と呼ばれる富士山信仰とも密接につながっていました」

白木先生の講演は富士講の話にうつっていく。

富士講とは、富士山を信仰する人々が結成する団体である。江戸時代、人々が江戸の外へ出るには通行手形《てがた》が必要であり、通行手形を得る理由として、社寺《しゃじ》参詣《さんけい》が一般的だった。富士に行きたい人々は、「富士講」にはいり、集団で富士にのぼった。

しかし、当時の山は女人《にょにん》禁制である。江戸中期から女性の富士講信者が増えたため、富士山には女性登山者もいたというが、女性にかぎらず、だれでも簡単に富士山に行けるわけではない。そこで、各地に作られたのが富士塚《ふじづか》である。江戸期には富士山の神をまつった塚があちこちに作られ、人々がお参りしていた。

「実はこの川越の近くにもいくつか関係する神社があるのですね。川越氷川神社にも富士講碑がありますし、富士塚もあります。仙波《せんば》浅間《せんげん》神社古墳、川越城富士《ふじ》見櫓《みやぐら》の跡地の浅間神社、郭町《くるわまち》の浅間神社、的場《まとば》の浅間塚古墳、笠幡《かさはた》の浅間神社、ほかにも……」

白木先生は川越周辺の地図を映し、富士塚のある場所を示した。

「富士講信者にとっては、富士山は女性の身体とみなされていたところもあり、それが同じく女性の身体から生まれるとされた蚕とも結びついていたのかもしれません」

多いときは日本の農家のおよそ四割が養蚕に携わっていた。そのころは蚕影神社は多くの参詣客でにぎわい、農家では繭玉飾りが作られていた。

それがいまは養蚕農家はすっかり姿を消し、蚕影神社を訪れる人も少なく、繭玉飾りも見かけなくなった。人々の記憶からも消えつつある。もっともさかんだったのは、大正から昭和初期というから、百年ほどしか経っていないのに。

「養蚕は急速に忘れ去られていきました。いまのうちに聞き取りをおこなって考察し、後世に伝えなければいけない、と考えています」

白木先生はそう言って話を閉じた。

講演が終わったあと、白木先生はしばらく参加者から質問を受けていた。それが落ち着いたところで、美里さんが白木先生と由香里さんを田辺たちの卓に連れてきた。

「今日はお越しくださってありがとうございます」

由香里さんがきらきらした目で敏治さんと喜代さんを見た。

「こちらの喜代さんは、養蚕農家で育ったのだそうです」

由香里さんが白木先生に説明する。

「そうでしたか」

白木先生はうなずいて、喜代さんを見た。

「蚕を飼っていたころはまだ子どもでしたから。蚕と暮らしてはいましたが、むずかしいことはなにもわかっていませんでした」

喜代さんが言った。

「でも、話を聞いているうちにいろんなことを思い出しましたよ。蚕をわが子のようにかわいがっていた、というのも、その通りだなあ、と思って」

「喜代、蚕がかわいい、って言ってたもんなあ」

敏治さんが笑う。

「かわいいでしょう。白くって、ふくふくしてて。一心に葉っぱを食べる。蚕が育つ時期は、家のなかはいつもざあざあって音がしていて。外まで聞こえるくらい、大きな音なの。それが『眠』の時期になるとぴたっと止まる。しんとして、なんの音もしなくなる」

喜代さんが夢中でしゃべる。

「蚕がかわいい、っていうのは不思議な感覚ですよね。いまは虫が苦手な人の方が多い気がして」

美里さんが言った。

「養蚕に携わっていた人たちのなかには、蚕がかわいい、って言う人はたくさんいたみたいですよ。そうでないといっしょに暮らせないですよねえ」

由香里さんが言う。

「でも、最後、糸を取るために繭を煮てしまうんですよね。かわいいと思っていたら、辛くてできないんじゃないですか?」

美里さんが首をひねった。

「繭になったところで、蚕は命をまっとうした、と考えられていたのかもしれませんね。蚕と蛹《さなぎ》はずいぶんちがうんですよ。糸を吐き切って蛹になると、小さくて茶色でかさかさになりますから。繭を振るとからから音がする。その音がするのがいい繭。ときどきなかで死んでしまう蚕もいて、『死にごもり』ってきらわれたんだそうです。なかで液体を出して、その繭は使えなくなってしまうので」

白木先生が答える。

「わたしの母も、蛹になったらもうかわいくはない、繭になったところでお蚕さんじゃなくなる、みたいなことを言ってましたねえ」

喜代さんが言った。

「けど、そんなのおかしいでしょう？　わたしは最初、蛹になったあとのことが気になって、やっぱり煮てしまうのはかわいそう、と言った。けどね、全部を煮てしまうわけじゃないんです。蚕蛾《かいこが》にする繭もある」

「蚕蛾？」

「繁殖用ですよ。繭になって二週間くらいで羽化《うか》して、すぐに交尾して、卵を産むんです。五百個くらいの卵を産むとか。真っ白で、なにも食べず、移動もせず、翅《はね》も退化していて飛べない。一週間ほどで死んでしまう」

白木先生が答える。

「糊《のり》をつけた紙の上にのせて卵を産ませるんだよね」

喜代さんが言った。

「紙の上に？」

美里さんが首をひねった。

「自然乾燥して、蚕紙《さんし》として販売するんですよ。これを保存しておいて、一年のなかで決まった時期に孵化《ふか》させていた。海外にも輸出していたんだそうです」

白木先生が補足する。

「卵を産んでいる蚕蛾を見ていたら辛そうで、痛ましくてね。そうやって卵を産んでも、すぐに死んでしまうでしょう？　飛ぶこともできない。そう思ったら、繭のとき煮てしまうのでも変わらないような気もしてきて……。きっと母もこのことを知っていたんだな、って。それからは煮ることがかわいそうだとは言えなくなった」

喜代さんの言葉にみなじっと黙った。

「そういえば、さっき話を聞いていてひとつ思い出したことがあったんですよ。子どものころ、わたしが蚕室で眠ってしまった話、わたしの親から聞いたでしょう？」

喜代さんが敏治さんを見た。

僕もその話を聞いたことがある。はじめは敏治さんから聞いて、そのあと喜代さんとふたりのときに、そのとき起こったことを聞いた。喜代さんはその「眠」のような眠りのなかで白い世界に行き、家の声が聞こえるようになったのだ、と言っていた。

「うん。それから三日くらい起きなかったって」

敏治さんが答える。

「そんなことがあったんですか？」

由香里さんと美里さんが目を丸くした。

「これまでその前後のことはあまり思い出せなかったんだけど、さっきの話を聞いてはっきり思い出した。あの日は少し寒くて、わたしは蚕たちが心配で見にいった。それで、前に大人が、人がいれば体温で部屋が少しあたたかくなる、って言ってたのを思い出して、蚕のそばにいてやろう、と思って。それでじっとしているうちに眠ってしまった」

「そんな寒い部屋で寝てしまって、大丈夫だったんですか？」

美里さんが訊いた。

「眠ったあとのことはよく覚えてなくて。目が覚めたら下の部屋の布団に寝かされていた。家のなかがしずかですごく心配になったけど、蚕たちは無事で『眠』にはいったんだ、って聞いて安心した。三日も眠り続けていた、ってあとで聞いてびっくりして」

「三日って、蚕の『眠』みたいですね」

由香里さんが言った。

「むかしからよくそう言われてました。それからも蚕の『眠』の時期になると眠くなって、何日も眠ってしまうことがあったんですよ。だから弱い子だって心配されて。でも、喜代がいると蚕たちの機嫌がいい、ってよくほめられました」

「そうでしたか」

白木先生がゆっくりうなずく。

「戦争がはじまって、養蚕をやめる、ってなったときはすごくさびしかった」

喜代さんがほろっと涙を流した。

「ぽかんとして、自分のなかの半分くらいが死んでしまった気がしてた。でも、それから家族もできて、ここまで生きてきて……。今日ここに来たから、あのときのことが思い出せたのかもしれない。蚕たちと過ごした日々のこと」

喜代さんはそう言って、繭玉飾りを見た。

「なんだか夢のようだねえ」

繭玉を見つめる喜代さんの身体が、光のなかですうっと透き通っていくように見えた。

喜代さんたちはしばらくすると部屋に行った。講演の終わった白木先生は由香里さんといっしょに繭玉飾りを作っていた。

桃子さんと果奈さんの姿も見えた。講演がはじまる時間にやってきて、聴き終わってから繭玉飾り作りに取りかかったようだ。僕は手伝いと取材に追われてあまり話ができなかったけれど、白木先生や由香里さんと話しながら、楽しそうに作業している。

大広間に西日が差しこんで、それぞれの繭玉飾りを照らす。イベントの前に写真で見たときは、ただかわいらしく春らしい飾りだと感じるだけだったが、白木先生の講演を聴いたからか、ものさびしくも見えてくる。さびしいなかに命がほんのり灯《とも》っている。

四時をすぎると参加者も少しずつ減ってきて、空いている卓も増えた。受付も終了になり、お団子作りも終わった。べんてんちゃんも、厨房から出てきた織物研究会の人たちといっしょに隅の方の卓につき、繭玉飾り作りをはじめていた。

記事を書くために体験しておいた方がいいと思い、豊島さんと僕も飾りを作ることにした。残っていた枝と団子の器を持って、べんてんちゃんたちのとなりの卓に座る。こねたり、ついたり、丸めたり、枝につけたり。枝に繭玉が増えていくのはなかなか楽しかった。

「遠野さん、豊島さん、イベントはいかがでしたか？」

由香里さんが訊いてきた。

「とてもよかったです。講演も内容が濃くて……。養蚕については知らないことばっかりだったので、勉強になりました」

豊島さんがはきはきと答える。

「新井のリーフレットの記事は、おふたりが書くんですよね」

「文章を書くのは遠野先輩で、わたしはおもにレイアウトを……」

豊島さんが答えた。リーフレットは活版《かっぱん》印刷なので、写真は入れにくい。豊島さんの撮った写真を見ながら、安西さんが線画にすることになっていた。

「そうなんですか。リーフレットに載っていた遠野さんの文章、読みました。おもしろかったですよ。今回の記事、楽しみにしてますね」

由香里さんにそう言われ、これは下手《へた》なものは書けないぞ、となぜか緊張した。

7

イベントの片づけが終わり、べんてんちゃんや豊島さんは白木先生や織物研究会の人たちと打ちあげに行くと言って、新井を出た。僕は田辺や敏治さん、喜代さんといっしょに食事をすることになっていたので、そのまま新井に残った。

今日は朝からお団子作りで厨房がフル稼働だったから、夕食の準備ができるのだろうか、と心配だったが、六時半には先付けが出てきた。蕪《かぶ》の煮物に、湯葉《ゆば》の豆乳寄せ、鯛《たい》の昆布《こぶ》締《じ》め。小さな器にきれいに盛りつけられている。

その後も野菜や湯葉を使った炊きあわせや蒸し物が中心で、敏治さんも喜代さんも、おいしいねえ、とうれしそうに食べている。

「こういう手のこんだ料理は俺たちには作れないからなあ」

敏治さんが言う。

「おいしいねえ。繭玉《まゆだま》飾りも作れたし、こんなの食べられて、ほんとにしあわせだね」

喜代さんがしみじみ言う。喜代さんの分だけ量を少なめにしてもらったこともあり、いまのところ全部食べられているみたいだ。

よかったなあ、と思う。

田辺たちの作った繭玉飾りは、床の間の近くの花入《はないれ》に入れられている。部屋に案内したスタッフが飾ってくれたらしい。お団子でできた花だけど、なんだかそこだけ春が来たみたいに見える。

もうすぐほんとの春がやってくる。寒さはまだまだ厳しいけれど、正月をすぎると日が少しずつ高くなり、春めいてくる。二月になれば梅が咲き、それから桃やこぶしが咲いて、桜の季節がやってくる。毎年毎年同じように。

花はいつもきれいで悲しい。生きてるものはみんなそうだ。

最後は美里さん自身が、ごはんとお吸い物を運んできてくれた。お吸い物には、繭の形をした白、桃色、緑の小さなお麩《ふ》が浮いていた。

「ありがとうございました。どれもわたしたちにも食べやすくて、おいしかった」

敏治さんが言った。

「このところ弱ってしまって、外に出る自信がなくなっていたんですけど、来てよかった。飾りを作るのも楽しかったし、白木先生の話を聞いているうちに、ずっと思い出せなかった大切な記憶を思い出すことができました。先生にもお礼を言っておいてください」

「はい、伝えます」

美里さんがうなずく。

「今日ここに来なかったら、思い出さないまま死んでしまったでしょう。ようやく取り戻すことができた」

喜代さんが微笑む。

「不思議なものですね」

美里さんも微笑む。

「ほんとにねえ。生きてるって不思議」

喜代さんが歌うように言った。

喜代さんや敏治さんが生まれたころ。まだ太平洋戦争前で、蚕を飼う農家がたくさんあって、なかでは蚕が桑の葉を食べる音が響いていた。川越の町にも織物問屋がならんでいた。それからおよそ八十年。太平洋戦争で東京は焼け野原になって、たくさんの人が死んで、復興していくなかで養蚕も機《はた》屋も織物問屋もなくなった。

白木先生と話していたとき、喜代さんは「夢のようだ」と言っていたけれど、そのめまぐるしい変化を思うと「夢のよう」という言葉もその通りだな、と思った。

食事が終わると、喜代さんは疲れたのか、すぐに床にはいった。田辺と僕はしずかに新井を出て、月光荘に向かった。

外はしんしんと寒い。

ふたりとも手をポケットに突っこみ、白い息を吐きながら黙々と歩いた。

「この町も、夜はこんなに暗く、しずかになるんだなあ」

小さな灯《あか》りだけがともる一番街を歩きながら田辺が言った。

「そうだな。やっぱり都心とはちがうんだ」

僕はうなずく。あちらこちらから、かすかに家の声が聞こえてくる。なにを言っているかまではわからない。かすかな声が重なりあい、広がっていく。蚕たちが葉を食べる音は雨音のようだった、と聞いた。こんな感じだったのかもしれないなあ、と思う。

月光荘に着いて、なかにはいった。もちろん建物のなかも寒い。

「ごめん、寒いよな」

ふりかえって田辺に言った。

「いや、川島町の家も同じだよ。古い木造だからな。隙間風がはいってくるし、外とあまり変わらない気がする」

「でも、大丈夫だよ。今年は新兵器があるんだ」

「新兵器って?」

「見ればわかるよ」

階段をあがり、僕の部屋にはいった。

「こたつのことか?」

部屋の真ん中に出ているこたつを見て、田辺が言った。

「そう。べんてんちゃんちで使わなくなったのをもらったんだ」

「ずいぶん旧型の新兵器だな」

田辺は笑った。

「木更津の家には和室やこたつがなかったからね。こたつって子どものころにしかはいったことがなかったんだよ。でも、いいものだよね。ほんと。すぐにあったかくなる」

こたつのスイッチを入れ、暖房もつけた。

「それに、これももらったんだよ」

椅子にかかっている綿入りの半纏《はんてん》を指した。

「へえ。半纏。遠野、これを着てるのか」

田辺が驚いたような顔になる。

「うん。これもすごくあったかいんだ。べんてんちゃんのお父さんが人からもらったものらしくて。この世にこんないいものがあったんだ、ってちょっと驚いたよ。去年の冬、こたつと半纏なしでどうやって乗り切ったんだろう、って」

「こたつや半纏は俺も家で使ってるし、別にめずらしいものじゃないんだけど……。遠野が着てると思うと、なんか不思議だな」

「似合わないかな？」

「いや、そういうことじゃなくて」

田辺が困ったように笑う。

「まあ、この冬は修論があったからね。じっとしてる時間が長くて。動かないと余計寒いんだ。書いてるあいだ、ずっとこたつと半纏のお世話になってた」

「修論書けたのもべんてんちゃんの家のおかげだな」

「そうだね」

べんてんちゃんにも松村家の人にもお世話になるばっかりだ。

半纏を羽織り、いったん下に降りて手を洗い、お茶を淹れる。

「今日はいろいろありがとうな」

二階に戻ってこたつに落ち着いたところで、田辺が言った。

「いや、僕はなにも……。ただ誘っただけ」

イベントの申し込みも宿の予約も田辺自身がしたことだ。

「遠野が誘ってくれたおかげだよ。ばあちゃんがあんなに喜ぶなんて」

遠出なんて無理かもしれない、と心配していたけれど、終わってみればなにごともなく、夜ごはんのときも楽しそうにしていた。

「ごはんもほとんど全部食べてたし。あんなにたくさん食べたの、久しぶりだよ。それに、白木先生の話もよかったみたいだよなあ。子どものころのことを思い出した、って。あの表情からして、ばあちゃんにとって大きなできごとだったと思うんだ」

「不思議だよね。人間にはああいうことが起こるんだ。忘れていたことの意味がずっと経ってから突然わかる。何十年もむかしのことなのに」

「人の脳っていうのは、ほんとはなにも忘れてない、とも聞くよね。ただその記憶にたどりつけないだけ。やっぱり戦争っていうのは大きいよね。いろんなものを壊してしまった。ばあちゃんの場合は戦争で兄ふたりを失っているし、思い出したくない記憶だったのかもしれないけど」

田辺がふうっと息をついた。

歳を重ねた人の頭のなかはどうなっているんだろう。生まれたときから頭のなかの世界はだんだん大きくなって、複雑になって、まるでほんとの世界のように広さや奥行きがある場所になって、自分にも行き着けない場所がたくさん出てくるのかもしれない。

「記憶っていうものが、ときどきわからなくなるんだ。動物には過去や未来という概念がない、人間だけがそれを持ってる、ってよく聞くけど、ほんとうかなあ、って」

田辺が言った。

「動物にもそれがわかる、ってこと?」

「いや、逆。人間もほんとはいまだけしかないいんじゃないかって。たしかにむかしのことは思い出せるけど、それがなんだかペラペラの映像にしか思えないときがあるんだ。それが自分だったって思えなかったり、作りもののような気がしたり」

「田辺でもそんなこと思うんだ」

なんだか意外な気がした。田辺は自分をしっかり持っていると思いこんでいたから。

「もちろんそんなことはすべて気持ちの問題で、理屈では自分の過去だってわかるんだよ。けど、実感できなくなる。だからさ、記憶を自分のものとしてとっておくことなんてできないんじゃないかって、時間がすぎていくことがすごく怖くなるんだ」

田辺が天井を見あげる。

「それはいまが大事だからだろう？　失いたくないものがあるから」

僕は訊いた。

「そうかもしれない」

田辺は上を見たまま答える。

「結局なにもかも手ざわりのないペラペラのものになってしまうんだったら、いまを大事にするしかないいんだ、って思うんだよ。なにもかも取りこぼさず、いまあるものを全部見て、全部実感したいって。車窓から外をながめているだけの人生はいやだって」

田辺ははあっと大きく息をつき、畳にごろんと横たわった。僕はなにも答えず、お茶をすすった。しばらくふたりともなにも言わなかった。

「俺さ」

突然、田辺が口を開く。そうしていきなり身体をがばっと起こした。

「俺、もしかしたら石野とつきあうことになるかもしれない」

そう言われて、にわかには意味がわからなかった。

石野とつきあう……？

「え、石野と？」

つきあうっていうのは、世間一般に言われる「つきあう」という意味なのか？　田辺が？　石野と？　これまで全然考えたことがなかった展開で、頭がついていかない。

「遠野は修論の締め切り前だったからあんまり連絡しなかったんだけど、俺、秋から何度か石野と会って、相談にのったりしてたんだ」

「そうだったのか。就職のこと？」

「まあ、それもあるけど、人生全般っていうかね。まあ、要するにいつもの石野の堂々めぐりにつきあわされていただけなんだけど」

田辺が苦笑いする。

「それでも、石野なりにどうするか考えて、いちおうの結論らしきものは出たんだよ」

「結論っていうのは、仕事に関する？」

「そう。料理関係の仕事をしたいんだって」

料理？　これもまた意外な話で、まったく飲みこめない。

「いや、でもみんなで呉汁《ごじる》を作ったときも……」

石野が飛び抜けて不器用だったのを思い出し、そう言った。

「向かないと思うだろ？」

田辺は笑った。

「でも、それはいまうまくできないだけで、自分は食べることは好きなんだ、いろいろ考えて、そういう結論になったんだ、って」

「ああ、そういえば、陽菜さんの農園に行ったときも、農業っていいなあ、とか、農園レストランをやってみたい、とか言ってたね」

体験農園とレストランを組み合わせた店があったら、と言い、沢口に虫が怖いくせに、とからかわれていた。

「石野の家はまあ、わりといい家なんだよ。それで石野はあまり炊事を手伝ったことがなかった。お嬢さま育ちで、調理器具の扱いにも慣れていない。ひとり暮らしで自炊に慣れた沢口なんかとは経験がちがうんだ」

「ああ、なるほど」

石野がお嬢さまというのはなんとなくわかる気がした。

「その結論が出るまで、かなり堂々めぐりしたんだよね。木谷先生が言ってたみたいに、教師は悪くないかも、と思ったんだ。でも、石野はちがうって。絶対認めないんだ。理由を訊いても、なんかちがう、先生をやってる自分は想像できない、って言うだけで……」

石野ならありそうなことだった。

「自分でも、いろいろ考えたみたいなんだよな。もう営業みたいなものは絶対無理、図書館司書の資格があるから司書も考えたけど、最近はむずかしいみたいだし。書店員っていうのも考えて、いまは近所の書店でバイトしてるんだ。仕事は楽しいみたいだけど、これをずっと続ける気にはなれない、って」

「どうして？」

「販売業はできたものを仕入れて、売るのが仕事だろう？　ものを作り手から使い手に手渡していく仕事。そうじゃなくて、なにかを作る仕事をしたいって気づいたんだってさ」

「作る仕事……？」

「そのときなぜか陽菜さんの体験農園のことを思い出したらしくて。人間の基本は食、そこにたずさわる仕事をしてみたいって閃《ひらめ》いたみたいなんだよ」

「閃いた……」

これまた石野にはありそうなことだった。理論的な沢口とは対照的に、石野は直感型だった。そして頑固で、いったんこうだと思いこんだら絶対に変えない。

「料理をしたこともないし、得意でもない。だからそれまで考えたこともなかったけど、これしかない、って思ったみたいなんだ」

「直感型の石野らしいね。でも、ちょっとわかる気がする。僕も川越に来て、結局月光荘でイベントスペースの運営の仕事をしようとしている。人と人をつなぐ仕事だよ。人づきあいは苦手だったはずなのに」

「そうだよなあ」

田辺が笑った。

「それからお母さんに料理を教わるようになった。そしたらだんだん上達して、この前、試作品って言って弁当を作ってきてくれたんだけどかなりおいしかった。オーソドックスなおかずのほかに、独創的なものもはいってて」

そういえば石野は発想力もあった。なにかと失敗は多いのだが、ときどき思いもよらない独創的なアイディアを出す。

「めちゃめちゃ早く上達するってわけじゃないんだけど、毎日コツコツ続けてるみたいなんだよね。石野はしぶといんだよ。沢口や俺はわりとまわりに合わせて自分を変えてしまうところがあるけど、石野はそれができない。器用に適応できるタイプじゃないんだと思う。けど、今度は失敗したくないって言って、ほんとにそればっかりずっと考え続けて、答えが出るまで逃げないんだ。そのしぶとさがすごいなあ、って」

「そこがいいと思ったのか」

「まあ、そこは理屈だけじゃないんだけど。自分は石野が好きなのかもしれない、って気づいた。自分でもまさかと思って、にわかには信じられなかったんだけどね」

田辺は困ったように笑う。

「本人に伝えた？」

僕がそう訊くと、田辺は首を横にふった。

「ただ、沢口には相談したんだ」

「沢口に？　沢口、なんて言ってた？」

「笑ってたよ。石野も自分では気づいてないが、田辺のことが好きなんじゃないかと思ってた、って」

「そうなのか」

やっぱり沢口は鋭いんだな、と思う。すぱっと切るように物事を見極める力がある。まわりにある細かいもやもやに気を取られてなかなか本質にたどりつかない石野や僕とは正反対だ。微妙なことは全部端折《はしょ》って、さっと本質を切り出す。

「いいんじゃないか、とも言われた。すぐに結婚ということにはならないかもしれないが、結婚に向かっていくなら、石野も少し安心して、就職に関する悩みも軽くなるんじゃないか、って」

「そうかもしれないな。仕事を見つけるにしても、ひとりで生きていくのと、パートナーがいるのとでは安心感がちがうだろうし」

「でも、俺は沢口のその考えはちょっとちがうと思ったんだ。人生の中心が家庭で仕事は枝葉。沢口は石野をそういうタイプだと思ってるみたいだけど、俺はそう思わない。石野はむしろ、俺たちより強く自分というものを持っていて、それを天職にするタイプ、天職しかできないタイプのような気がする」

田辺の言葉に驚いた。

「石野が自分で生きていけるという自信をつかまないうちに結婚の話になったら、石野にとってよくないのではないか、って思ったんだ」

言われてみると、たしかにそんな気もしてくる。

「だからさ、しばらく本人にはこのことは言わない」

「言うのは石野の道が定まってから、ってこと？」

「そうだな」

田辺は笑った。

8

翌朝早く、田辺は月光荘から直接車で勤務先の学校に行った。僕も身支度をすると月光荘を出て、新井に向かった。田辺は半休を取ったとはいえ、迎えに来られるのは午後三時すぎ。それまでレイトチェックアウトにしてもらっている。

新井にはいると、あちこちに繭玉《まゆだま》飾りがあった。参加者が作ったものは持ち帰ってもらったが、厨房で宿に飾るためのものを作っていたらしい。

喜代さんは元気そうだった。よく眠れた、朝ごはんもおいしかった、と微笑んで言った。敏治さんは町のなかを少し見ておきたいと言って出かけていった。ふたりとも声がはずんでいて、表情もあかるい。見ているとこちらもうれしくなる。

「ありがとうねえ」

喜代さんが言った。

「わたしがいるから、いつも家にいるばかりで。ほんとはいろんなところに行きたいんだろうけど、わたしに悪いと思ってか、そういうことをひとことも言わないの」

　敏治さんはそういう人だ、と思う。我慢しているんじゃない。喜代さんのことをすごく好きで、喜代さんと長くいっしょにいたいんだろう、と思った。

「昨日はよく眠れましたか」

「ええ。寝ているとき、この家の声を聴いた。声に誘われて、白い世界にも行った」

　喜代さんが答えた。

「この家の声はさざなみみたいですよね」

「そうね。うちのとはちがう。白い世界も、うちで見るのとは少しちがった。あっちの世界では、わたしも自由に歩けるの。どこも痛くないし、身体もふわふわ軽くて。ああ、いいなあ、身体を捨ててここにずっといたら楽だろうなあ、って」

「それは、田辺も敏治さんも悲しむでしょう」

「そうかな」

　喜代さんがはずかしそうに笑った。

「あっちの世界を歩いているうちに思ったの。この白い靄《もや》のようなものは蚕の糸なのかもしれない、川越にはむかしたくさん織物問屋があったって言ってたし、そのころの糸がまだ漂っているのかもしれない、って」

蚕の糸。白木先生のスライドの写真で見た蚕の糸はとても細かった。それを撚《よ》り合わせて糸にするのだ、と言っていた。

「わたしたちがいるこっちの世界は、蚕の見た夢の世界なのかもしれないなあ、なんて」

喜代さんが笑いながら言う。

古くから人とともに住み、家のなかで桑の葉を食べ、眠《みん》に入って脱皮《だっぴ》をし、やがて糸を吐いて繭を作る虫。もしその蚕たちが夢を見ていたとしたら、おそろしいほどの量になるだろう。白木先生の講演や、喜代さんが話していたあれこれが頭のなかでふくらんで、ざわめきだす。

「結局、家の声のことはなにもわからないままだった。子どものころからずっといっしょにいたのにね」

そう言いつつも、喜代さんの顔は満足げに見えた。

「けど、世の中のことはほとんどがそうよね。この世界のことだって、わたしたちはそこにあるものを受け入れているだけ。ほんとのことなんて、なにもわからない」

喜代さんが僕を見る。

「でもね、昨日白い世界を歩いていて、少しだけわかった。わたしたちも蚕も、暗いところからやってきて、少しのあいだあかるい場所にとどまって、また暗いところに帰る。あかるいところにいるときだけ、身体という形を持つの。でも、ただそれだけなのよ」

きっぱりとそう言った。はじめて真実をつかんだ。そういう口ぶりだった。

「あかるいか暗いかだけ。きっと同じことなんだと思う」

その言葉にはっとした。有の世界と無の世界。これまで生と死をそのようなものと思っていた。だけど、そのどちらも同じ。あるかないか、じゃなくて、あかるいか暗いかだけ。

「あかるいところにいるあいだ、辛いことも多かった。けど、きれいなものも見たし、おいしいものも食べた。楽しいこともたくさんあった。家族もできて、みんなと会えた。しあわせだったなあって思う」

そう言って笑った。日差しに照らされた喜代さんの身体がまたすうっと透けていくような気がして、なぜか悲しくなった。

正午を少しすぎたころ、敏治さんが帰ってきた。川越城本丸御殿《ごてん》や、川越氷川神社まで行ってきたようで、見てきたものを楽しそうに話している。喜代さんもうれしそうにうなずきながら聞いていた。

美里さんが遅い昼食を出してくれた。鰻《うなぎ》のはいった小さなどんぶりだ。それをゆっくり食べているうちに、田辺が迎えにやってきた。

「遠野、ありがとうな」

田辺が言った。

「ほんとにありがとうございました。おかげでゆっくり町を見物できましたし」

敏治さんも笑顔で言う。

「わたしたちも楽しかったわよねえ」

喜代さんがにこにこ笑って僕を見る。

——きれいなものも見たし、おいしいものも食べた。楽しいこともたくさんあった。家族もできて、みんなと会えた。しあわせだったなあって思う。

さっきの喜代さんの言葉を思い出しながら、そうですね、とうなずいた。

床の間の繭玉飾りが光を浴びて、かつて生きていたものたちの名残《なごり》のようだった。

第二話

金《こん》色《じき》姫《ひめ》

1

繭玉飾り作りの数日後、月光荘《げっこうそう》で豊島《とよしま》さんと記事のまとめ方を相談した。豊島さんも僕も白木《しらき》先生の講演に感銘を受け、しっかりした内容にしたい、という話になった。

「養蚕《ようさん》は女性の仕事だった、っていうところもおもしろかったんですよね。あれからいろいろ本を読んでみましたけど、近代にかぎらずむかしからそうだったみたいで」

豊島さんがコピーしてきた資料をめくりながら言う。

資料によれば、歴史学者の網野善彦《あみのよしひこ》は、古代から女性が養蚕にたずさわり、繊維関係の生産を担《にな》って、税を納め、売買、交易をおこなっていた可能性があることを指摘している。

農業・耕作は男の仕事、桑《くわ》・養蚕は女の仕事だった。

だがどの時代においても、税の記録には男性の名前しかない。そのため女性の役割が見落とされていたのではないか、と言うのである。

「富岡製糸場《とみおかせいしじょう》だって、製糸の仕事はすべて女性がおこなってたわけでしょう？　技術も西洋の女性から教わって、工女《こうじょ》って呼ばれてますけど、これっていまで言えば技術者ですよね。『女工哀史《じょこうあいし》』のころには、工女になるのは貧しい家の娘、劣悪な環境でこき使われる、みたいな印象になってしまいましたけど、むかしは士族の娘が勇んで出かけたところだった。そうやって女性が担っていた産業もあったのに、学校では全然教えないし」

豊島さんは納得がいかない、という顔である。

「宮中《きゅうちゅう》養蚕というものもあるみたいだよね」

「ああ、明治時代からはじまったやつですね。皇后《こうごう》が養蚕をおこなう、っていう……」

宮中養蚕は明治天皇の皇后・昭憲《しょうけん》皇太后がはじめ、英照《えいしょう》皇太后、貞明《ていめい》皇后、香淳《こうじゅん》皇后、上皇后美智子《みちこ》、皇后雅子《まさこ》と引き継がれてきた。

「養蚕、製糸は近代日本の主要産業で、担い手は女性だったのに、みんなそういうことを知らなすぎですよね。まあ、わたしも今回調べるまでわかってなかったんですけど」

「養蚕の記憶自体が風化しつつあるし、当時の女性の見方、在り方を女性の視点でまとめる研究も必要だよね。白木先生みたいな」

「ほんとですよ。わたしも『川越織物研究会《かわごえ》』にはいろうかなあ。『浮草《うきくさ》』の仕事もあるし、来年は修論でそれどころじゃないかもしれませんけど……」

豊島さんがぼやいた。

「そうだね。豊島さんは大学院出たらどうするの？　それにもよると思うんだけど」

「出版関係で考えてます。といっても大手じゃなくて、学術書関係の小さな出版社で、立花《たちばな》先生の紹介なんです。新卒は採らない会社なんですけど、いまも週一でバイトに行っていて、それが研修みたいな感じで」

「ほぼ決まってる、ってこと？」

「そうですね」

やはり豊島さんはしっかりしている。

「じゃあ、浮草の手伝いは来年の春までってことか」

「はい。今年もたぶん修論で忙しくなると思いますし、取材やライティングは手伝いますけど、店番にはあまりはいれなくなるかと。安西《あんざい》さんにももうちゃんと話してあります」

浮草も、古書店だけではなかなかたいへんで、安西さんも豊島さんも編集作業ができるから、ちょっとした冊子作りを請け負っている。最初は「新井《あらい》」のリーフレットだけだったが、それを見て頼んでくる店もあり、いまは毎月二、三本の仕事があるらしい。

「安西さんもお店の仕事にはだいぶ慣れてきて、ひとりでもなんとかやっていけそうだって言ってます」

前の浮草の店主・水上《みなかみ》さんが亡くなり、安西さんが店長になってそろそろ一年。仕事もひととおり経験し、経理もだいぶわかるようになった、と言っていた。

「大きな仕入れや棚の整理のときには、岩倉《いわくら》さんの会社のスタッフが来てくれますし」

岩倉さんというのは水上さんの古くからの友人で、小さな出版社を経営している。岩倉さんが水上さんから浮草を受け継いでオーナーとなり、安西さんを店長として雇っている、という形になっていて、岩倉さんや会社の人が店番にはいっているときもあるようだ。

「経理も、水上さんのときは旧式の帳簿だったんですが、草壁《くさかべ》くんが使いやすいシステムを紹介してくれて……」

「草壁くん？」

「わたしたちのゼミの同期で、いっしょに『街の木の地図』を作ったメンバーなんです。卒業して大手企業に就職したんですけど、コンピュータ関係のことにくわしくて。浮草に遊びに来たとき、経理にこのシステムを使うと楽になるよ、って教えてくれたんです。それを導入したらすごく楽になって、いまは岩倉さんの会社も使ってるみたいです」

経理のシステム。月光荘が本格オープンしたら、そういうものも必要になるのかもしれない。どんなものなのか、あとで教えてもらおう、と思った。

「それより今回の繭玉飾りの記事をまとめないと。養蚕の話、女性としてはむずむずするところも多いですけど、今回のリーフレットで大事なのはそこじゃないですよねえ」

豊島さんが資料をぱらぱらめくる。

「そうだね。白木先生の話の流れを重視すると、やっぱり川越にも痕跡が残っているという蚕影《こかげ》神社関係と富士講《ふじこう》の話……」

「そこから養蚕と女性の深いかかわりにふれる感じですね」

豊島さんがうなずいた。

「僕としては、蚕《かいこ》っていうと柳田國男《やなぎたくにお》の『遠野《とおの》物語』に出てくるオシラサマのイメージが強かったんだけど……」

「遠野だけに……？」

豊島さんが笑う。

「そう、遠野だけに」

僕も笑った。父方の「遠野」という苗字《みょうじ》が遠野と関係があるのかはわからない。祖父は茨城県の出身で、それ以上むかしのことは聞いたことがなかった。もともと岩手県に多い苗字のようだから、どこかでつながっているのかもしれないが。

「前のリーフレットでも『遠野物語』にふれてましたもんね」

「オシラサマは蚕だけの神じゃないけど、やっぱり女性と縁の深い神さまなんだね。関東でもオシラという言葉は使うけど、東北のオシラサマとは使い方がちがうみたいで」

「奥が深いですねえ。白木先生の話、もっといろいろ聴きたくなってきました。やっぱり織物研究会にはいるしか……」

「いいんじゃない？　就職して落ち着いてからも続けられそうだし。とりあえず、僕が講演の文字起こしをして、いったん文章をまとめて……」

「安西さんとわたしで内容をチェックしたあと、美里さんや由香里さんに見てもらって、白木先生の確認を取って……。安西さんにイラストもお願いしておきますね。スケジュールは……」

豊島さんが手帳を広げる。原稿の締め切りなどを確認し、打ち合わせを終えた。

講演の録音を文字データにしながら、金色姫《こんじきひめ》の伝承についても少し調べた。

白木先生が話していた蚕影神社の総本山は、茨城県つくば市にある。金色姫伝説に基づき、日本養蚕技術伝来の地としている。茨城県は養蚕業が盛んで、養蚕にまつわる地名が多数残っている。鬼怒川《きぬがわ》（絹川、衣川）、小貝川《こかいがわ》（蚕飼川）、糸繰川《いとくりがわ》などもその例である。

金色姫伝説とは、天竺《てんじく》の霖夷《りんい》大王の娘・金色姫の物語である。金色姫の実母である霖夷大王の妃《きさき》が亡くなり、王は後妻を迎えるが、この後妻が姫を疎《うと》み、暗殺を企てる。はじめに獅子《しし》のいる師子吼山《ししくやま》に捨てるが、獅子王が姫を宮殿に返す。次に鷹群山《ようぐんざん》に捨てるが、宮殿関係者に発見されて帰ってくる。孤島に流しても漁師に保護され、庭に埋めても百日後に地中から光がさし、やつれた姿で救い出された、とある。

後妻の計画を知った王は姫の身を案じ、桑で作ったうつぼ舟に姫を乗せ、海に流した。この舟が何年もかかって常陸国《ひたちのくに》の豊浦《とようら》に流れ着き、漁師の権太夫《ごんだゆう》夫婦が金色姫を救い出した。夫婦は姫の世話をするが、姫はやがて病で死んでしまう。

ある夜、夫婦の夢に姫があらわれ、「食べ物をください、必ず恩返しします」と告げ、夫婦が姫の亡骸《なきがら》を納めた唐櫃《からびつ》をあけたところ、姫は消えて、中には無数の虫が動いていた。金色姫が流れ着いたときに乗っていた舟が桑の木でできていたので、この虫に桑の葉をあたえたところ、虫は喜んで食べ成長した。

しかしやがて虫は葉を食べるのをやめてしまった。夫婦が心配していると、姫がまた夢にあらわれ「これは自分が山に捨てられたときの苦しみから眠っているのであり、このようなことが四回起こる」と告げる。そして、四度の眠りののち繭を作る。これがうつぼ舟に乗ることを指しているらしい。

夫婦は筑波山《つくばさん》の神、影道《ほんどう》仙人に繭から糸を取ることを学び、筑波に飛来した欽明《きんめい》天皇の皇女・各谷《かぐや》姫から神衣《かんみそ》を織る技術を教わり、日本の養蚕と機織《はたお》りの起源となった。これが金色姫伝説のあらましである。

金色姫が豊浦に流れ着いたのは欽明天皇の代であり、日本に仏教が伝わった時期と重なる。この時期にさまざまな技術もともに伝来したのであれば、天竺から養蚕の姫がやってきたという伝承にも現実的な根拠があるのかもしれない。

白木先生の話を聞いていたときにも思ったが、なんとも不思議な話である。山に捨てても、島に流しても帰ってくる、土に埋めても生き返る、木の舟で何年も漂流しても生きている。死んで無数の虫になる。それはほんとうに人間の姫だったんだろうか、とも思う。

もしかしたら、姫は異形《いぎょう》のもので、それをおそれた後妻が遠くに追いやろうとしたのではないか。王も後妻から姫を救うためと言っているが、やはり姫を封じて遠くにやろうとしたのではないか。そんな想像までしてしまう。

金色姫は蚕影神社で神として祀《まつ》られているが、姫自身はなにもしていない。ただ流されてやってきて、死んで虫になっただけ。しかし姫が虫になるとはどういうことなのだろう。

白木先生の話にあった種紙《たねがみ》を女性の身体《からだ》であたためる話も、蚕が金色の姫の身体から生まれたという伝承と通じるものを感じる。女性たちはわが子を育てるように蚕を育てた。蚕は人の家で暮らし、桑の葉を食べて繭を作り、羽化《うか》しても飛べない虫になった。

思えば、オシラサマの伝承もそれと関連する『馬娘婚姻譚《うまむすめこんいんたん》』も、現代の僕たちから見れば不可思議なものである。蚕が馬の生まれ変わりであるとか、娘と馬が蚕に化身《けしん》したという由来は、どういう理屈かわからない。しかし、どこかなまなましく物悲しい。

かつては蚕影神社の金色姫もオシラサマも広く信仰されていたのである。神は徳とは関係がない。超常的な力を持った異形のものである。人はその力にすがることで繁栄し、文明を作りあげてきたということだ。

おそろしいのは人だろうか。しかしそれはすべて、生きるため、子孫を生かすためにしたことである。生きるとは、酷《むご》く、悲しいものだと思う。

繭玉飾りの作り方や、参加者の声やイベントの様子、白木先生の講演の内容をまとめて美里さんに送った。

由香里さんと白木先生にも見てもらったところ、白木先生からいくつか用語のまちがいを指摘されたが、文章自体に大きな直しがはいることはなかった。よくまとまってますね、とほめてくれて、ほっと肩の荷がおりた。


月末に修論の最終試験が終わると、島田《しまだ》さんとイベントスペース月光荘のオープンに向けた打ち合わせが本格的に再開した。

まずは宣伝告知である。実はこの春、月光荘だけでなく、川越でふたつの施設のオープンが決まっていた。ひとつは「昭和の暮らし資料館」。もうひとつは各国の手漉《てす》きの紙を紹介する「紙結び《かみむす》」。どちらも僕も縁のある施設である。

昭和の暮らし資料館は、二軒家《にけんや》と呼ばれている古民家を改築したものである。二軒家は昭和三十五年築の木造二階建て。建てられた当時は同じ形の家が二軒ならんでいたので二軒家と呼ばれていたが、十数年前に一軒が焼失。もう一軒も長く空き家となっていた。

だが持ち主が代替わりして、家を資料館にすることが決まったのだ。今年のはじめから改修作業がはじまり、「町づくりの会」の人たち経由で僕も片づけを少し手伝った。その後、水道管や電気の配線工事、建具などの修繕などがおこなわれて、公開できるところまで漕《こ》ぎつけた。

紙結びは、木谷《きたに》ゼミ出身の笠原《かさはら》先輩を通じて知り合った神部《かんべ》さんの店である。神部さんは和紙の産地である小川町《おがわまち》の出身であることから紙に興味を持ち、諸国の紙の産地をめぐるうち、紙の店を開く夢を持った。

販売だけでなく簡単なワークショップやレクチャーができるスペースがほしいとのことで、物件探しにも苦労していたようだった。小川町の物件も考えたようだが、人出を考え、結局川越の古い一軒家を購入したらしい。

二軒家も神部さんが購入した一軒家も、仙波日枝《せんばひえ》神社の近くにある。どちらも昭和期の建物ということで共通点もあり、オープンするのが同じ時期なら関連する施設として宣伝したほうがよいのではないか、という話になった。

そして、月光荘もそこに加わることになったのである。地図資料館としては以前から営業していたけれど、イベントスペースとして本格的に始動するのは同じ時期である。場所は離れているが、三軒同時オープンとした方が話題を集めやすい。

島田さんも神部さんと面識があったから、僕が修論に明け暮れているあいだに着々と告知計画を進めていたようだった。神部さんと島田さんは同世代の上、ふたりとも会社で広報の仕事をしていた経験があり、こうしたことには手慣れている。知人の伝手《つて》でマスコミに働きかけ、すでにいくつか取材の依頼も来ているらしい。

僕は笠原先輩に教わってサイトを整えた。トップページは「羅針盤《らしんばん》」にあったむかしの月光荘の写真と、安藤《あんどう》さんの息子さんに撮ってもらった現在の写真を組み合わせて配置し、デザイナーの金子《かねこ》さんに作ってもらったロゴマークも入れた。

イベント開催スケジュールのカレンダーも作り、決定済みのものをまとめた。木谷先生の講座と「町づくりの会」の人たちの勉強会はどちらも月に一度、週末におこなうことが決まった。由香里《ゆかり》さんの「川越織物研究会」の定例会の開催も決まり、由香里さんの伝手で「川越歴史研究会」の人も見学に来た。

お稽古事《けいこごと》や、サークルの会合の利用の申し込みもあった。公共施設よりは利用料が高いので、応募してくるのは月光荘の雰囲気を重視する人が多かった。二軒家のことで知り合った小学生の悠《ゆう》くんのお母さん、綾乃《あやの》さんの日本茶教室。夏に朗読会をおこなった朗読ユニット「ちょうちょう」の定期朗読会や、「浮草」の読書会。

単発のイベントもいくつか申し込みがあり、ギャラリーとして週単位で借りたいという人もいて、カレンダーもかなり埋まってきている。必要な備品をそろえ、少しずつ場所が整っていく。月光荘にあたらしい力が備わっていくようで、なんだか楽しかった。

2

二月の半ば、昼間、地図資料館の番をしながら月光荘のスケジュールをまとめていると、電話がかかってきた。建築士の真山《まやま》さんだ。「町づくりの会」のイベントの件だろうか、と思いながら電話を取った。

「遠野くん？」

「はい」

「いまちょっといいかな？」

真山さんの声色《こわいろ》がいつもと少し違うような気がした。

「はい、大丈夫です」

「今日は仕事の件じゃなくて……。大事件なんだ。遠野くんの親戚《しんせき》、というのかな、風間《かざま》守章《もりあき》の血縁らしい人と知り合ったんだよ」

「ええっ」

驚きのあまり、電話を取り落としそうになった。

僕の母方の曽祖父《そうそふ》は風間守章という。僕もくわしいことは知らないが、大工の棟梁《とうりょう》で、昭和のはじめから川越や川島町《かわじままち》あたりで仕事をしていたらしい。

「川越駅からふたつ先に霞ヶ関《かすみがせき》っていう駅があるんだけど……」

真山さんが言った。

「川越市駅の次ですよね。ええ、名前だけは知っています。降りたことはないですが」

川越に住むようになって二年。大学のある池袋《いけぶくろ》と川越を往復するばかりで、近くのほかの駅のことはあまり知らない。喜代《きよ》さんの家のある川島町に行ったくらいだ。

「以前、川越で開かれたセミナーで古民家再生の話をしたことがあったんだけど」

「ええ、前に町づくりの会の勉強会のときにうかがいました」

「そのセミナーの参加者のひとりが、霞ヶ関の商店街のお店の改築をしたんだよ。僕のところにも案内がきて、僕の専門とはちがうんだけど、ちょっとおもしろそうな建物だから見にいくことにしたんだ。で、実はその人が風間という名前で……」

「風間……？」

　母方の苗字である。

「風間っていう苗字はそこまでめずらしいわけじゃないし、そのときはまさか遠野くんと関係あるとは思わなかったんだけどね。でも、訪ねていって話すうちに、彼が、自分の曽祖父は大工で、『家の医者』と呼ばれていたみたいなんです、って言い出して」

「家の医者！」

　びくんとした。

　守章は川島町にある遠山《とおやま》記念館の建築にもたずさわるほど腕の立つ大工だったが、戦後の川越では家を建てるより家を修理する方で有名で、家の医者と呼ばれていたらしい。どうやらいま僕が住んでいる月光荘も、守章が修理したことがあったようなのだ。

　風間という苗字はめずらしくないが、「家の医者」と呼ばれていたとなると、曽祖父としか思えない。

「それで、もしかして風間守章ですか、って訊《き》いたら、そうだ、って」

　驚きで言葉を失った。

「向こうも、なんで知っているんですか、って驚いてたけど、僕も仰天《ぎょうてん》したよ。そんなことがあるなんて」

いきなりのことで、頭がついていかない。

風間守章が曽祖父、ということは、僕と同じ、曽孫《ひまご》ということか？　心臓がどくどく音を立てているのがわかる。

「彼は建築士の免許を持っていて、親戚が営《いとな》むリフォーム業者で働いてるらしいんだ」

「リフォーム業者？」

「うん。もともとは工務店で新築の仕事もしてたんだけど、住宅建築はだんだんハウスメーカーに押されるようになって、リフォーム専門の会社に変えたらしい」

曽孫ということは、僕からみたら、はとこである。

「彼のお父さんは会社員みたいだけど、彼は建築に興味があって、大学は建築科を選んだんだ。それで、伯父《おじ》さんが営んでいるリフォーム業者で働くようになった。風間守章のことも、その伯父さんから聞いたらしいんだ。『家の医者』って呼ばれてたこともね」

「その人、なんという名前なんですか？」

「風間由孝《ゆきたか》くん。歳《とし》は二十代後半くらいで……。遠野くんのことも話したんだ。そしたら、彼、遠野くんのことも覚えていたんだよ」

ゆきたか……。二十代後半……。

ゆきくん……？　はっとした。いつも遊んでくれた五歳年上のはとこ。僕はゆきくんと呼んでいたが、たしかほんとうの名前は由孝だった。

「お正月によく守人《もりひと》くんと遊んでいた、って言ってたよ」

きょうだいのいない僕にとって、ゆきくんはたまに会える兄のような存在だった。ほかのはとこたちはみなもっと歳が上だったから、僕はよくゆきくんと庭で遊んでいた。

なんだか頭がぼうっとした。もうなくなってしまったと思っていた世界がまだ存在していた。年月が経《た》ち、ゆきくんはもう働いている。僕が大学院生なのだから、ゆきくんが働いていてもなにもおかしくはないのだが、そのこと全体に頭がついていかなかった。

「それでね、彼がぜひ遠野くんに会いたいって」

真山さんの声にはっとした。

ゆきくんが……。僕に会いたい？

「来週、もう一度霞ヶ関に行くことになってるんだ。風間くんがこれから改築をおこなう物件を見せたいって。ちょっと古い建物だから意見を聞きたいんだそうだ。もし遠野くんの都合が許せば、いっしょに行ってもいいかな、と思ってたんだけど、どうだろう？」

「それは……」

どうしたらいいか戸惑って、僕は口ごもった。

「あ、すまない。もしかして、遠野くんのこと、話さない方がよかったかな」

真山さんが心配そうに言った。

「いえ、そんなことはないんです。僕は風間の家が好きで……」

いつかまたあの家の人たちと会いたい。心のどこかでそう思っていたのかもしれない。はじめてそのことに気づいて、声がふるえた。子どものころはたぶん、風間の家のことを考えてはいけない、と固く自分に禁じていたのだ。

「ただ、まだ頭が混乱してるんです。なんというか、僕のなかではもうなくなってしまった過去が突然目の前にあらわれたような感じで……」

語尾が揺れた。

「以前、両親の死後、父方の祖父に引き取られて、母方の風間の家とは縁が切れてしまった、とお話ししましたよね」

「うん、聞いた」

「遠野の祖父は、風間の家と折り合いが悪かったのです。そもそも僕の父は、叩《たた》きあげの商社マンだった遠野の祖父の考え方をきらって家を出て、大工になった。母は風間の家のひとり娘で、苗字は遠野のままでしたが、婿《むこ》養子みたいな感じでしたから……」

遠野の祖父は風間の家が父をダメにした、と決めつけ、きらっていた。両親が事故で亡くなったのは僕が小学校三年のとき。はじめは祖母と暮らしていたが、しばらくして木《き》更《さら》津《づ》にある遠野家の祖父に引き取られることになった。

「祖父に引き取られたあとは、風間の家とは一切連絡が取れなくなってしまったんです。祖母の死も知らされませんでした」

小学五年生のとき、模試に行くと偽って、記憶をたどってひとりで両親と暮らした家を探しに行ったことがある。所沢《ところざわ》にあったその場所にたどりつくことはできたが、家はすでに取り壊され、土地も売却されていた。

祖父母の家と工務店のあった場所にも行ったが、どちらもなくなっていて、代わりに大きなマンションが建っていた。

近所の商店のおばさんから、祖母が亡くなったことを聞いた。衝撃だった。葬儀などはずっと前に終わっていて、祖父がなにも教えてくれなかったと恨みもしたが、祖父自身、祖母の死のことを知らなかったのかもしれないと思う。

ほかの親戚の連絡先も知らなかったし、小学生だった僕はただ悲しみにくれるだけで、なにもしようがなかった。

「それは辛《つら》かったね」

真山さんは言った。

「だからいまは、会ってなにを話せばいいのかよくわからないところもあります。急に音信不通になって義理を欠いているわけですし」

「いや、それは心配しなくてもいいだろう。会いたいって言ってるんだから。当時は遠野くんも子どもだったんだし、引き取られた時点ではおばあさんも生きていたんだろう？　事情もわかっているのかもしれないよ」

祖母の性格からして、遠野の家を悪く言うことはないだろう。僕がいっさい風間家の行事に行かなくなったのだから、ある程度事情は話していたかもしれないが。

「でも、混乱しているのはわかる。じゃあ、来週は僕ひとりで行ってくるよ。気持ちの整理がついたら連絡してください。風間くんの連絡先を教えるから」

真山さんの言葉に、わかりました、と答えた。

電話を切ってから、しばらくぼうっとしていた。

事態に心が追いついていない。風間の親戚が見つかった。子どものころよく遊んだゆきくんで、ここからわりと近いところに住んでいる。その事実自体は理解できるのだが、自分の身に起こったことだと実感できない、というか。

そもそも、子ども時代の風間の家のことが、自分のなかで夢のようになってしまっていたのかもしれない。両親が死んだこと。祖母が死んだこと。家がなくなったこと。どれも当時の僕にとっては、世界が壊れてしまったほどの衝撃だった。

そんなことはあってはならない、と思ったし、いつかもとに戻れるんじゃないか、とも思った。しかしそれはまぎれもない現実で、巻き戻すことはできなかった。

両親や祖父母や家は、いまでも僕にとってなにより大事なものだ。だが、記憶の色はどうしても少しずつ褪《あ》せていく。

風間家の正月の集まりのことはふだんあまり思い返すことがない。だからもう思い出すことさえできない気がしたが、久しぶりに聞いたゆきくんの名前から、少しずつ記憶が形を取り戻しはじめた。

風間の大伯父の家の広い庭。そこでゆきくんと遊んだ。庭木があるからボール遊びなどはできない。冬だから虫もいない。ゆきくんの決めたルールで片方が隠したものを探しあてるゲームをしたり、飽きると外に出て、あたりをぶらぶら探索したりした。

ゆきくんは僕より五歳年上だったから、いろいろなことを知っていて、ついていくのが楽しかった。なんでもできるように見えたけれど、考えたらあのころはゆきくんだって小学校高学年か中学生だったのだ。そう思うと、なんだかおかしくなる。

でも、すべてがあまりにも遠い。映画のなかのできごとのように思える。あれが全部あったこと。そして、僕の人生がいまも続いているように、ゆきくんの人生も続いている。

嘘《うそ》みたいだ。

親戚が見つかったのだから、もっと喜ぶべきなんじゃないか。こんなふうにぼうっとしているところを見ると、僕はやっぱり薄情な人間なのかもしれない、とも思った。

3

ふわふわした気持ちのまま夕方になり、地図資料館を閉めた。少し頭を整理しようと外に出る。少しずつ日が長くなり、最近は五時でもまだ日は沈んでいない。暮れてきた空を見ながら歩くうち、そういえば今日あたり新井のリーフレットができているはずだ、と思い出した。

高澤橋《たかざわばし》を渡り、浮草に向かう。ガラス戸越しにレジにいる安西さんの姿が見えた。戸を開け、なかにはいる。客はいない。戸の音で、安西さんが顔をあげた。

「遠野先輩」

安西さんが言った。

「こんにちは。そろそろ新井のリーフレットができてるかな、と思って」

「すごい、よくわかりましたね。ついさっき、豊島さんが『三日月堂《みかづきどう》』に取りにいって。新井のスタッフがいっしょに来てくれたので、新井の分はそのまま納品しました」

「豊島さんは？」

「用事があるみたいで、うちの分だけ置いて、今日はそのまま帰りました。月光荘の分も預かってますよ」

安西さんはそう言うと、レジの下からリーフレットの束《たば》を出した。

新井のリーフレットは、川越にある三日月堂という活版《かっぱん》印刷の工房で刷っている。予算の関係で、活字を組むのではなく、パソコンでレイアウトしたものを凸版《とっぱん》というものに加工してもらい、それを使って印刷する。

版にインキをつけて紙に押し当てるというむかしながらの方法で印刷しているため、一色刷りで、文字と、安西さんの描いた線画だけの構成だが、紙の表面に沈みこむような文字に独特の味わいがあり、お客さまにも好評みたいだ。

生成《きなり》色の紙はいつも同じだが、インキの色は毎回少しずつ変えている。今回は冬から春へ、というイメージらしく、茶色がかったグレーだった。

「美里さんも豊島さんも、レポート、すごくよかった、って言ってました。でも、遠野先輩の小説もまた読みたい、って」

安西さんが笑った。

「いや、あれは……」

ああいうものがまた書けるとは思えないし、そもそもあれは小説なのか。どう答えたらいいかわからず、口をつぐんだ。

「そういえば、安西さんの家は……。あれからどうなったの？」

思い出して、訊いた。夏の朗読会の準備のとき、安西さんの家のことを話した。入院していたお父さんが余命わずかとなって家に戻り、自宅療養となった。お母さんと次姉が世話にあたり、安西さんもときどき家に帰って手伝っているが、長姉《ちょうし》と次姉のあいだに諍《いさか》いがあったり、長姉が父に近づかなかったり、なにかとたいへんだと聞いていた。どうなったのだろう、とずっと気になってはいたのだが、修論もあり、安西さんとふたりで話す機会もなかなかなく、そのままになっていた。

「はい。実は、年が明けて、父はもう一度入院することになりました」

「そうなの？」

「ただ、治療のための入院じゃないんです。病状が悪くなって、これまでは訪問看護を受けてたんですけど、母の負担が重く、体調的にも限界で。典恵《のりえ》姉さんが決断したんです」

典恵姉さんとは、長姉のことである。

「またもめた？」

「ええ、はじめは、母がまだがんばれる、って言い張って。でも、友恵《ともえ》姉さんにもわたしにも手を出せないことも多くて、このまま行くと母も倒れてしまうから、って、典恵姉さんが強引に決めたんです。友恵姉さんも最初は反対してましたけど、母の負担を考えてあきらめました」

「力仕事も多いし、女の人だけじゃ苦しいよね」

自分が祖父の介護をしていたときのことを思い出してそう言った。

「父は病院をきらっていましたから、母は納得できなかったみたいですけど、いまはもう強い麻酔をしていて、ほとんど意識もなく……。母も友恵姉さんも、いまはこれでよかった、と思ってるみたいです」

長姉の判断が正しかったのかはわからない。正しさとは見方によって変わるあいまいなものだ。

「この前、家に帰ったとき、典恵姉さんが父の書斎にいました。ぼうっと部屋をながめて、もう父さんがここに帰ってくることはないんだね、って言った。あんなに偉そうにしてたのに、って。その顔を見て、わかったんです。典恵姉さんは冷たいわけじゃない、母のためだったんです。母は父に絶対逆らわないし、わたしたちも意見できない。だから典恵姉さんが決めたんです」

　安西さんは遠くを見た。

「典恵姉さんは、いつもそうやって決断してきたんだな、って思いました。わたしたちは父を恐れて、絶対に逆らわなかった。いつも父にしたがって、なにも自分で決めなかった。そう気づいて、典恵姉さんに謝ったんです」

「お姉さんはなんて？」

「わたしも悪かった、って。絵を破ったことを……謝ってくれた。びっくりしたんです。あのこと、覚えてたんだな、って思って……」

　安西さんが唇を噛《か》み、下を向いた。安西さんは絵を描くのが好きで、大学三年のときにある展覧会で賞をもらった。その絵を家に飾ろうとしたとき、典恵さんが怒って絵を額ごと床に投げ捨てた。額は折れ、絵も破れた、と言っていた。

「それは、わたしが自分のことにしか目を向けていなかったから。なにもわかっていなかった、ってわたしも謝りました。そうしたら、わかってないのは自分も同じだって。なにもかもわかってる人なんていない。なにもかもわかってるようにふるまう人は、そう思いこんでるだけだって」

　そう言って、遠くを見る。

「別にそれですぐに打ち解けた、というわけではないんですけど」

安西さんはさびしそうに微笑《ほほえ》んだ。

「つい先週のことなんです。でも、もうなにもかも典恵姉さんにまかせきりにするのはやめよう、って、友恵姉さんとも話しました」

お父さんの病気のことはどうしようもないけれど、いい方向に進んでいる気がした。少なくとも、前みたいにとりつくしまもないということではないみたいだ。

「実は、僕も今日、ちょっと驚くようなことがあって……」

「驚くようなこと？　なんですか？」

「前に、僕の家の話をしたよね。父方じゃなく、母方の方の」

「はい。このあたりで大工をしていた家系で、遠野家に引き取られたときに縁が切れてしまった、って」

「そう。その母方の親戚……。風間家のはとこが見つかったんだ」

「ええっ？」

「どこでですか？」

安西さんが目を丸くした。

「いや、まだ会ったわけじゃないんだけど。建築家の真山さんがこの少し先の霞ヶ関の仕事をしたときに偶然出会ったらしくて……」

「そんなことがあるんですね」

「うん。僕も驚いた。どうやらそのはとこも建築関係の仕事をしてるみたいなんだ」

「それで真山さんと知り合ったんですね」

「そういうこと」

「会いに行くんですか？」

安西さんにそう訊かれ、はっと黙った。

「それが……。真山さんは、来週また霞ヶ関に行くからいっしょに行かないか、って誘ってくれたんだけど、どうしたらいいかわからなくて、断ってしまった」

「どうしてですか？　せっかく会えるのに……。遠野先輩、風間の家が好きだった、って言ってたじゃないですか」

安西さんが首をかしげた。

「気持ちの整理がついてない、っていうか。なんだろうな、僕のなかではもう消えてしまったものが突然実体としてあらわれて、よくわからなくなってしまって」

「会うのが怖い、ってことですか？」

「怖い……」

どうだろう。怖い、という言葉が当てはまるかはよくわからなかった。向こうが会いたいと言ってくれているのだから、別に怖がるようなことはなにもないはずだ。

「ちょっとわかる気がします」

安西さんが言った。

「わかる？　どういうこと？　僕自身はよくわからない」

僕が苦笑いすると、安西さんも笑った。

「変わるって怖いじゃないですか」

「変わる？」

「いいことでも、悪いことでも、自分が大きく変わるかもしれない、と思うと、人ってやっぱり身がまえると思うんですよ。遠野先輩もわたしと同じで慎重なタイプでしょう」

たしかにその通りで、なにも言えなくなった。

もしかしたら、僕はあの思い出から拒まれるのが怖かったのかもしれない。どこかにいるかもしれない親戚たちを遠くで思っている方が気楽だった。いまふたたびゆきくんたちと出会って、結局馴染《なじ》めなかったらどこにも行き場所がない気がしたのかも……。

「でも、会った方がいいんじゃないですか」

安西さんが言った。

「案ずるより産むがやすし、っていうか。あまり考えこまず、流れにしたがった方がいいときもありますよ。わたしが言うことじゃないかもですけど」

安西さんがくすっと笑った。安西さんも僕と似て、考えすぎるきらいがある。その顔を見て、なぜかほっとした。いまの僕には、川越で出会った人たちがいる。月光荘もいる。居場所はもうある。いや、ここを居場所にして生きていこうと決めたんだ。

「そうだね。真山さんに頼んでみるよ。いつか行かなきゃいけないと思うし」

僕がそう答えると、安西さんはにっこり笑ってうなずいた。

真山さんに連絡すると、真山さんはすぐにゆきくんと僕のふたりあてに事情を説明するメールを送ってくれた。最後に「あとはふたりで相談してください」と書かれていた。すぐに返信しようと思ったが、なんと切り出したらいいかわからない。書きあぐねていたところ、ゆきくんから返信が来た。

守人くん、こんにちは。

久しぶりだね。

真山さんから守人くんのことを聞いて、とても驚きました。

遠野家に引き取られたことは聞いていましたが、連絡先がわからず、房子《ふさこ》さんが亡くなったときも連絡したいと思ったのですが、お知らせすることができず、申し訳ないと思っていました。

いまは川越に住んでいるそうですね。

近いですし、一度会いたいと思います。

両親も会いたがっています。

うちは霞ヶ関のとなりの鶴ヶ島《つるがしま》で、むかし遊びに来たことがあるのですが、覚えてますか？

川越に行くこともできますし、いま霞ヶ関の店の仕事をしているので、そちらに来てもらっても大丈夫です。

都合がわかったらご連絡ください。

メールにはそう書かれていた。

房子さんというのは、祖母のことである。こちらに連絡を取ろうとしてくれていたことがわかり、なぜか少しほっとした。

ゆきくんのメールの文面は、簡潔だけれどもきっとゆきくんもいろいろ考えた末に書いたのだろう、と思わせるところがあった。そういう心遣いがゆきくんらしいと思った。離れていた時間が少しだけ撚《よ》り合わさった気もして、少し安堵《あんど》しながら返信の文章を打った。
来週再来週の僕の日程を知らせ、せっかくだから霞ヶ関のお店を見に行きたいと告げた。

4

霞ヶ関に行くのは、次の週の月曜になった。地図資料館は月火が休館日で、月光荘関係の打ち合わせもその日はだいたい休みにしている。火曜はゆきくんの方に予定がはいっていたので、月曜の午後と決まった。駅まで迎えに行くので、この電車で来てください、と指定があった。

霞ヶ関は、池袋から見ると川越からふたつ先の駅である。川越のひとつ先の川越市から電車に乗ることにした。よく晴れた日で、朝は冷えこんだが、昼になるとあたたかくなった。駅までの道を歩きながら、もう春なんだな、と思った。

駅には少し早めに着いたが、指定された電車を待つことにした。ほかに目印もないからゆきくんの指示にしたがった方がいいだろう。そもそもおたがいに成長した姿は知らないわけで、写真でも送ってもらっておけばよかった、と後悔した。

鉄橋で川を渡ると、ほどなく霞ヶ関に着いた。降りる人はほとんどなかった。階段をあがり、改札に向かう。改札を出てすぐのところに、背の高い男性がひとり立っていた。

あれがゆきくん……？

「守人くんですか？」

その人が近づいてきて、言った。

「はい。ゆきくんですか」

「そう。久しぶりだね」

ゆきくんがにこやかに言った。

「よかった。どうやって見分けようかとちょっと不安になってました」

「そう？　俺はすぐにわかったよ」

ゆきくんが笑う。

「どうしてですか？」

「いや、若いころの風間守章にそっくりだから」

「風間守章に……？」

そういえば、僕はよく親戚に風間守章に似ている、と言われていたのだった。よく考えたら、それも大伯父の正月の席だったんだと思う。

「でも、どうして守章の顔を知ってるんですか？」

「写真があるんだよ」

「写真？」

「むかしの白黒写真だけどね。写真館で撮ったやつ。でも似てるのはわかるよ」

ゆきくんの笑った口元を見て、たしかに見覚えがあると思った。ゆきくんではなく、ゆきくんのお父さんの笑顔が頭によみがえり、やっぱり親子だから似るんだな、と思う。

それにしても、風間守章の写真があるなんて。見てみたい。僕と似ていると言うが、どんな人だったんだろう。気になる。

「見てみたいです」

「え、ほんと？　ああ、でもそうだよな。似てる、って言われてるし、気になるよね。写真があるのはうちじゃなくて、幸久《ゆきひさ》伯父さんのところなんだけど、訊いてみるよ」

「ありがとうございます。お願いします」

「じゃあ、行こうか」

ゆきくんが笑って歩きだす。

「あの……」

僕が止まったまま言うと、ゆきくんがこっちを見た。

「今日はありがとうございます。真山さんからゆきくんのことを聞いて、ずっと会っていなかったので、最初は少し考えてしまったんですけど……。会えてうれしいです」

最後、思わずそう言ってしまい、気恥ずかしくなった。

「俺も、真山さんとその話になったときは仰天したんだ。こんな偶然があるなんてね。でもずっと気になっていたから……。俺もすごく、うれしい？　いや、なんだろう、長年解けなかったパズルが急に解けたみたいな……？」

そのたとえがすごくゆきくんらしい気がした。

むかしもそうだった。ぼんやりしていた記憶が少しずつよみがえってくる。ゆきくんはいつも歳の離れた僕が理解できるように言葉を尽くしてくれていた。パズルが解けた、というドライな表現にしたのも、ゆきくんなりの気遣いのように思えた。

ゆきくんは左に向かって歩きだし、階段を降りた。

駅を出るとすぐにチューリピアロードというアーケードのついた商店街にはいる。チューリピアロードを抜けると、次はかすみ商店街。東京国際大学という大学の前を通りすぎ、商店街は長く続いている。

「で、この交差点の向こうが角栄《かくえい》商店街だよ」

ゆきくんが道の向こうを指す。角には銀行の建物があり、そこから先は街灯の形が変わっている。下に「KAKUEI」という小さな表示板があるのが見えた。

「角栄商店街は昭和中期にひとつのディベロッパーが計画的に開発した商店街なんだ。だから銀行や郵便局や役所や農協のような生活に必要な施設もひととおりある。幼稚園もあるし、突きあたりには小学校。商店街を中心に、両側に住宅街が広がっていて、ここだけで生活できるように設計されてたんだよね」

川越の旧市街とは雰囲気がかなりちがう。白く、四角く、昭和の団地を思わせる。

「このメインストリートを中心に裏の住宅街も碁盤の目のような区画になってるんだよね。いまは閉めちゃってる店も多いけど、むかしは休みの日になると遠くから車で買い物に来る人もたくさんいて、たいへんなにぎわいだったんだって」

銀行の横には「楽しいお買物　角栄商店街へようこそ」という、なんとものんびりした雰囲気の看板が立っていて、歩いていくと、八百屋、豆腐屋、肉屋、パン屋、惣菜《そうざい》屋、和菓子屋、文房具屋、小間物《こまもの》屋と、むかしながらの構えの店が次々にあらわれた。

「角栄商店街の建物は、一九六四年に駅に近い側から建てはじめたんだ。だから完全なひとつながりじゃないんだけど、建物と建物のあいだの壁を共有してる部分もある。だから一軒だけ取り壊すことができない。一階が店舗で二階が住居という形の建売だったから、店を閉めてもそのまま二階に住んでる人も多いし。それで当初の形のまま残ってるんだ」

「ゆきくん、くわしいね。仕事で調べたの？」

「それもあるけど、そもそも母親の実家があったからさ、この商店街のなかに」

「え、そうなんだ」

ゆきくんのお母さん。

たしか名前は和美《かずみ》さん。親戚のほかの女の人たちより頭ひとつ背が高く、いつもパンツ姿でさばさばした人だった。

「うん。この先で布団店をやってたんだ」

「布団……」

そういえばむかし、この布団はゆきくんのお母さんちで買った、と母が言っていたのを聞いた覚えがある。

「じいちゃんは茨城から東京に出てきて、最初は東京の問屋で働いてたんだよね。それでお金を貯《た》めて、この商店街ができたときに一区画買って、店をはじめた。店はもうだいぶ前に閉めちゃったんだけどね。そのあともずっと二階に住んでたんだ。けど、じいちゃんが三年前に亡くなって、ばあちゃんだけ鶴ヶ島の家に引き取った」

「じゃあ、空き家に？」

「うん。それで、ばあちゃんの家どうするって話になったとき、再活用できないかって思いついた。って言っても、そんなに予算があるわけじゃないし、それなら俺がやってみようかな、って。伯父さんとこの仕事の合間にここに来て、少しずつ自力で改装したんだ」

ゆきくんは笑った。

「子どものころからよく遊びに来てたからね。鶴ヶ島の家も、ここと近いから選んだんだよ。角栄商店街のいちばん先は小畔川《こあぜかわ》、っていう川にぶつかるんだけど、鶴ヶ島の家はその対岸から少しいったところで、最寄り駅はとなりになるんだけど、川をはさんで向かい合ってるみたいな感じ。自転車でも簡単に行き来できたんだ」

鶴ヶ島の家には、子どものころ何度か遊びに行った。母はひとりっ子だから、僕には母方のいとこがいない。ゆきくん以外のはとこはずっと年上ということもあり、遊べる親戚はゆきくんくらいしかいなかった。

母も、子どものことをいろいろ相談できるというのもあったのだろう、和美さんとよく話していたし、祖母もなぜか和美さんと気が合うようで、正月の席でもよく話をしていた。それで何度か鶴ヶ島に遊びに行ったのだ。

そのころ僕が住んでいた家は、風間守章が建てたものだった。築五十年を超える木造住宅で、祖父母の家も大伯父の家もみな日本の在来工法で建てた古い家だった。だが、ゆきくんの家はちがった。

洋間が多く、壁も白いクロス貼り。古い木造の日本家屋に住んでいた僕にとっては、あたらしく、おしゃれなものに見えた。

「俺、ばあちゃんの家がけっこう好きだったんだよね。小さくてかわいいっていうのかな、階段なんかすごく急で、押入れにはいるのも好きだったし。窓から商店街の庇《ひさし》の上が見えるのもなんか特別感があってよかったんだよなぁ」

ゆきくんはそう言って、歩道の上の庇を見あげた。二階からだとこの上が見えるのか。特別感があるというのも少しわかる気がした。

ゆきくんが立ち止まる。店の前に「ワタヤ」という看板が立ち、ガラス戸越しに手作りっぽい内装のカフェが見えた。

「ここがばあちゃんの布団店だったとこ。改装しても使わないとまたダメになっちゃうからね。カフェをやってみたいっていう人が見つかって、貸すことにした。布団屋だったから、ワタヤ」

ワタとは綿のことか。お店のなかには二組お客さんがいた。二組とも女性同士。なごやかにお茶を飲んでいる。

ゆきくんについて店の奥の階段をのぼる。かなり急な階段だ。のぼり切ると板の間で、机や本棚が置かれている。机の横の窓からは商店街の庇を見おろすことができた。

「ここは？」

「いま改築中なんだ。将来は勉強会とかに使えるスペースにしよう、って話してる。って言っても、ここは川越みたいに人がたくさん来るわけじゃないから、地元の人向けって感じになると思うけど。反対側にもう一部屋あってね」

ゆきくんは階段の方をふりかえって言った。

「ゆくゆくはこの押入れを打ち抜いて、向こうの部屋とつなごうと思ってるんだ。子どものころよく遊んだ押入れだけどね。いま見ると小さいよな」

ゆきくんは階段を半分くらいまで降りると、下のお店の人にコーヒーを頼んだ。

「まあ、座って」

ゆきくんはそう言って、真ん中の小さなテーブルの前にある椅子《いす》を指した。古そうな木の椅子だ。腰かけると少しきしんだ。ゆきくんも向かいの椅子に座る。

「真山さんから守人くんのことを聞いたときは驚いたけど、会えてよかった」

「はい。まさかまた会えるとは思ってなくて……」

僕はそう答えて、目を伏せた。

「守人くん、突然ご両親が亡くなって、正月にも来なくなっちゃっただろう？　母は房子さんから少し話を聞いてたみたいだけど、俺はまだ中学生だったし、くわしいことを教えてもらえなくてさ。けど、なんとなく複雑な事情があるんだろうな、とは思ってた」

ゆきくんはそう言って窓の外を見た。

「あの……。僕の祖母は、あのあとどうしてたんですか。祖父も亡くなってたし、ひとりになってしまって」

僕がそう言うと、ゆきくんはちょっと黙って、僕を見た。

「房子さんはね、あのあとすぐに亡くなったんだよ」

「え、すぐに……?」

驚きで言葉を失う。

「そう。房子さん、病気だったんだ。もう長くないとわかっていて……。ほんとは、守人くんが成長するまでは自分が面倒を見る、って言ってたみたいなんだけど。それができないってわかって、遠野家に連絡したらしい」

知らなかった。病気だったなんて。

「守人くんが遠野家に行ってから、すぐに入院して……。でも長くなかった」

じゃあ、連絡がつかなかったのは、祖母が亡くなってしまっていたから?

遠野家の祖父が祖母との連絡を禁じたのも、祖母が亡くなっているとわかっていたたから？　僕を風間の家に行かせなかったのも……？

「俺が守人くんのお父さんと遠野家の確執《かくしつ》のことを知ったのは、大学を出てからなんだ。なにかで守人くんの話になって、母がそのときようやくほんとのことを教えてくれた。母もいっときは、俺もいるし、うちで引き取ろうかとも考えたみたいなんだ。けど、遠野家のおじいさんが、守人はうちで育てるって言い切ってたから口出しできなかったらしい」

そんなことがあったのか。

僕たちの住んでいた家は祖父に処分されていた。遠野の祖父も、悪意があったわけじゃない。土地を売ったお金を僕のために遺《のこ》してくれていた。そのことがわかったのは、祖父が亡くなったあとだった。

祖母が僕に病気のことを言わなかったのは、心配をかけたくなかったから？　いや、知られたくなかったのかもしれない。遠くで生きているって思っていてほしかった。あのころの僕にとって、祖母だけがこの世界と自分をつなぐ絆《きずな》だった。

祖父が祖母の死を僕に伝えなかったのも、祖母に言われたから？　黙っていてくれと祖母に頼まれたのかもしれない。祖父もその気持ちを察して、僕には言わなかった。

僕のためだったのか？　なぜそのことを言わないまま死んでしまったのだろう。言ってもなにも変わらないから？　でも、知っていたら。亡くなる前にわかっていたら……。

「ごめん、いきなりこんな話をして……」

ゆきくんが謝った。

「こちらこそ、急に黙ってしまってすみません。ただ、知らないことばかりで……」

あわてて謝った。

「真山さんから聞いた話だと、その遠野家のおじいさんも亡くなったんだって？」

「はい。僕が大学四年のときに。それで、大学の先生の伝手《つて》で、川越の月光荘に住むことになったんです」

「うん、真山さんから聞いた。昭和初期の古民家だって。住みにくくないの？」

「いえ、子どものころ住んでいた家と似ているので……。むしろ落ち着くというか」

「守人くんが子どものころ住んでた家は、風間守章の建てたものだったんだよね」

ゆきくんに訊かれ、うなずいた。

「見てみたかったなあ」

ゆきくんはそう言って遠くを見た。

「すみません」

階段の方から声がした。カフェの人がコーヒーを持ってきてくれたみたいだった。

今日はあとでゆきくんのお母さんも来るらしい。ここに来ることを話したら、自分も会いたい、と言って、半休を取ってくれたのだそうだ。

着くのは三時半すぎとのことで、コーヒーを飲みながら、ゆきくんから風間家のあらましを教えてもらった。あのころはまだ子どもだったし、僕は風間の一族についてよくわかっていなかったのだ。

まず、ゆきくんにとっても僕にとっても曽祖父にあたる風間守章。それ以上の前の代のことはゆきくんのお父さんもよく知らないらしいが、守章のころは一族のほとんどが大工関係の仕事についていたみたいだ。

守章には息子が三人いて、長男が幸守《ゆきもり》。成長してからは大工として守章のもとで働いた。次男は戦後に病死。三男が僕の祖父の守正《もりまさ》である。

守章は最初は川越のあたりで仕事をしていたが、戦後しばらくして狭山《さやま》に店を移した。幸守はその店を継ぎ、守正は三十代で独立して所沢に店をかまえた。

幸守の長男が幸久で、狭山の工務店を手伝っていた。一九九〇年に幸守が身体を壊して引退。そのころの住宅建築はハウスメーカーに押されていたため、工務店をたたみ、幸久は同じ場所でリフォーム専門の店を起業した。

会社は順調に成長。県内に二店の支店をかまえ、最近はバリアフリー住宅への改築に力を入れている。幸久の子どもは娘がふたりで、ふたりとも他家に嫁いだ。いまはそのうちのひとりが幸久のリフォーム業社の経営にたずさわっている。

ゆきくんの父親は幸守の次男、幸弘《ゆきひろ》である。

「父さんは高所恐怖症だったんだ。子どものころに屋根から落ちたのが原因らしいけど、大工は絶対無理と思ってたみたいで。工学系の大学に行って、ＯＡ関係のメーカーに就職したんだ」

その後、大学時代からつきあっていた和美さんと結婚。三年後に長男が生まれ、その四年後に次男であるゆきくんが生まれて、鶴ヶ島に新居をかまえた。

ゆきくんのお兄さんは会社員で地方勤務。ゆきくんは大学で建築を学び、大学院を出たあと幸久の仕事を手伝っているという。

「幸久伯父さんのとこの仕事をしてても思うんだよ。あたらしい家を建てるより、古いものを直す方が好きだなあ、って」

「真山さんもそんなふうに言ってました」

「それにさ、風間守章も一時期は家を建てるより直すことに力を入れてたって言うじゃない？　『家の医者』って呼ばれてたとか」

「ええ、実は僕が……」

いま住んでいる月光荘も守章が、と言いそうになって、はっと黙った。守章が月光荘を直した、というのは、月光荘から聞いた話だ。家が話したことだから、真山さんにも伝えられずにいたのだった。

「いえ、川島町にある僕の友人の祖父母の家も守章が建てたものだったみたいで。棟木《むなぎ》に守章の名前が残ってたんです」

あわてて取り繕う。

「うん、真山さんから聞いた。その家も見に行きたいと思ってるんだ。守章が建てた家、ほかには残ってないからね。幸久伯父さんのところもむかしは守章の建てた家だったみたいだけど、僕らが生まれたころにはもう建て替えられてたし、守人くんが住んでいた家も、守正さんのとこももうないし」

ゆきくんが残念そうに言った。幸久伯父さんの家というのは、本家のことである。

「そういえば、守章にはいろいろ逸話もあったんだよね。守章に『土台が危ない』って言われて調べたらシロアリに食われてた、とか、外から見てもわからない不具合を言いあてた、とか」

「そうみたいですね」

「幸久伯父さんによると、守章は、家の気持ちがわかる、とか、家の言葉がわかる、みたいなことを言ってたらしくて」

「家の言葉が……？」

はっとして訊いた。

「変な話だろ？　親戚や仲間によくそう言ってたんだって。父さんはもののたとえだろう、っていうけど……」

守章は僕と同じように家の声が聞こえた。家と話せるから、不具合もわかったのだろう。だが、僕とちがってその力のことを隠していたわけではなかったらしい。

「俺は、そういうことがあってもおかしくない、って気がするんだよね。父さんには非科学的って言われるけど、そういうの完全に否定できないタイプなんだ」

ゆきくんが笑った。

5

三時半を少しすぎたころ、階段をのぼってくる音がした。

「母さんかな」

ゆきくんが階段の方を見る。やがて白髪《しらが》まじりの頭が見え、スポーティーなジャケットをまとった女性が姿をあらわした。

和美さんだ。ずっと忘れていたのに、見たとたん記憶がよみがえり、和美さんだとすぐにわかった。白髪が増えたけれど、すらっとした体型と顔の印象はそのままだ。

「守人くん？」

和美さんがうかがうように僕を見る。

「はい。お久しぶりです」

そう言ってお辞儀すると、和美さんは目を見開き、僕の前に立った。子どものころは背が高い人という印象だったが、いまは僕より低い。なんだか不思議な気持ちだった。

「大きくなったわねえ。ああ、でも、元気そうでよかった」

僕の目をじっと見る。

「房子さんから話は聞いてたのよ。遠野のおじいさんが厳しい人で、守人くんのお父さんと折り合いが悪かったのもなんとなくわかってたから、心配してたんだけど……」

和美さんがため息をつく。

「けど、房子さんは、守人なら大丈夫、やさしくて強い子だから、って……」

やさしくて、強い……。

そういえばいつだったか、祖母は僕に、やさしい人になるんだよ、と言った。

──男の子は強くならなくちゃいけない、ってみんな言うけど、ほんとに強い人は、やさしい人なんだよ。力ずくで言うことを聞かせようとする人は、単なるお馬鹿《ばか》さん。

祖母はそう言って笑った。あのころはよくわからなかった。やさしいと強いは反対のように思えていた。でも、いまは少しわかる。だれかのために生きていると、人は強くなる。

遠野家に行ってからは、もう帰ることのできない子どものころのことを思い出すのは辛く、あまり考えないようにしていたけれど、その言葉はいつもひっそりと心のなかで響いていた。

「どうしたの？」

和美さんが心配そうに僕の顔を見る。

「いえ、僕は……ちっともやさしくも強くもなかったな、って」

小声で答えたとたん、涙が出そうになった。

「僕はずっと遠野家の祖父のことを恨んで……。家を処分したことも、祖母が亡くなったことも、僕に黙っていた。隠されてたことを許せなくて、ずっと心を閉ざしてました。でも、さっきゆきくんの話を聞いて、それは祖母が望んだことだったんじゃないか、と」

「そうかもしれない。房子さん、自分の病気のことを守人くんに知られたくない、って言ってたから。でもおじいさん、亡くなるまでそのことを言わなかったの？」

「そうなんです。最後まで一言も。家を処分したときのお金を僕のためにとっておいてくれたことがわかったのも、祖父が亡くなったあとのことでした」

「そうかあ。なんていうか、不器用な人だったのかもね」

和美さんがため息をつく。

「不器用？　でも、話さないと伝わらないことだってあるだろ？」

ゆきくんが言った。

「まあ、そうなんだけどね。でも、みんながみんな、自分が思ってることを言葉にできるわけじゃないのよねえ。考えを言語化するのって、訓練しないとできないのかもよ」

説明しても言い訳にしか思われない。祖父はそう考えていたのかもしれない。それに、当時の僕ならきっとそう取っただろう。

「不器用だった、っていうのは、そうかもしれません。人にはできることとできないことがあるんですよね。どうしようもないこともたくさんあるし、できないことの方が多いかもしれない。最近ようやくそれが少しわかるようになりました」

僕が言うと、ゆきくんがはっとしたように僕を見た。

——おじいさん、いつだったか言ってました。結局、わたしの目をちゃんと見て話してくれたのは守人だけだ、って。

祖父の世話をしてくれていたヘルパーさんの言葉を思い出した。祖父が亡くなったあとのことだ。そんなことを言っていたなんて、と少し驚いたのを思い出した。

――あと、守人さんのお父さん。お名前、忘れてしまいましたが……。自分の目を見て話したのは、そのふたりだけだった、って。

父さんも僕も、反抗してにらんだだけだったのかもしれないが。でも、伯父たちは祖父を避け、祖父の具合が悪くなってからもあまり見舞いに来なかった。

結局僕も祖父になにもできなかった。きちんと言葉を交わすこともできず、お互いに心を開くこともなかった。

「そうよね。できないことの方が多い。だから苦い思いもするけど、過去のことで自分を責めても、なにも生まれないから」

和美さんのあかるい口調に少しほっとして、無言でうなずいていた。

和美さんに僕のいまの状況などを少し話したあと、商店街の先の小畔川という川まで散歩することになった。

商店街のメインストリートはまっすぐ川まで続いている。幼稚園のあたりで店はだいたい終わり、土手が見えてくる。むかしは川のこの左手に小学校があったのだそうだ。もう取り壊されてしまったが、かつて和美さんはそこに通っていたらしい。

「むかしはねえ、校庭で夏祭りをしたりして、にぎやかだったんだけどね」

和美さんが言った。

「この川沿いも春になれば桜が咲くんだよ」

川をはさんで、広々した土地が続いている。河原《かわら》を散歩する人たちの姿も見え、ここがひとつの世界のように感じられた。

「このへんは小畔川と入間《いるま》川《がわ》に挟まれて、むかしから肥沃《ひよく》な土地だったんだってさ」

ゆきくんが右側の川の先を指す。

「この先で越辺川《おっぺがわ》と合流して、そのすぐあとに入間川と合流する。だから水害も起こりやすいんだけど、水の恩恵もあったんだ」

「むかしはこのあたり一帯も全部水田だったみたい。ここを左に進んだ先は笠幡《かさはた》っていって、いまでも農地がだいぶ残ってるのよね。そういえば、房子さんは笠幡の出身だったんだっけ」

和美さんの言葉に驚いた。

「祖母が？」

「そう。笠幡の農家の生まれだって聞いた。だれかの紹介で守正さんと結婚したとか。わたしも霞ヶ関の生まれで、近いでしょう？　それでよく話すようになったのよね」

　笠幡。そういえば聞き覚えがある。この前の繭玉《まゆだま》飾り作りのときのレクチャーで白木先生の話に出てきたのだ。祖母の実家には何度か連れて行ってもらったことがある。この近くだったのか、と驚いた。

「少し前までは房子さんの妹さんが笠幡に住んでたのよね。でも、何年か前に旦那さんが亡くなって、息子さんのところに行ってしまって」

　和美さんが考えこむ。

「祖母の育った家はもうないんですか？」

「わたしは行ったことがないんだけど、もうないって。畑も全部分譲住宅になったって、前に妹さんから聞いた」

　祖母が生きていた痕跡が消えていってしまうようで少しさびしい気もしたが、祖母の生まれた土地とつながった、と思うと、少しうれしかった。

「笠幡ってどんなところですか？　行ったことがあるような気がするんですが、子どものころなので記憶があいまいで……」

　祖母の実家。僕の家や祖父母の家よりさらに古い家だった。なんでこんな古い家がいまだにあるんだろう、と思ったような気がする。

昼間でも薄暗い場所があって、そこではよく家の声が聞こえた。なにを言っているのかさっぱりわからなかったが、重々しく、神さまのようだ、と感じた記憶がある。

「いまでも小畔川沿いはえんえんと農地だよねえ」

ゆきくんが言った。

「房子さんの家は、さざんか通りの近くだったたって聞いたけど」

「だとすると、川沿いじゃないけど、まだまだ農地がたくさん残っているところだね。敷地の広い古い家が多くて、むかしながらの農村って感じで」

「敷地の広い、古い家……」

その言葉を聞いたとたん、蟬《せみ》の声と、下から見あげた祖母の横顔が頭に浮かんだ。畑のなかの細い道。あれはいつだっただろう。どこに向かって歩いていたんだっけ。僕はずっとうつむいて、地面と、そこに映る祖母と僕の影ばかり見ていた。

祖母に呼ばれて顔をあげると、目の前に鳥居があった。それから大きな木……。

「そのあたりに神社はないですか?」

僕は訊いた。

「神社?」

ゆきくんが僕を見る。

「なんとなく覚えているんです。祖母の家の近くに鳥居があったなあ、って。大きな木が茂っていて、小山のようなものがあった気が……」

「あのあたりで神社って言ったら、尾崎《おさき》神社じゃない？」

和美さんが言った。

「尾崎神社？　わかんないけど」

ゆきくんが首をひねる。

「ええっ、わからない？　小畔川の近くで、さざんか通りともう一本の道がふたまたみたいになってるところにあるでしょ、神社」

「あ、ああ、あれか。尾崎神社っていうんだ」

ゆきくんが思い出したように言う。

「神社の名前は覚えていないんですが」

「わりと大きな神社だよ。お参りしたことはないけど、車から見た感じ、大きな木はたくさんあったような」

大きな木がたくさん……。たくさんあったかな？　なんとなく、小山のようなところに一本だけだったような気がする。

「じゃあ、行ってみない？　由孝、車あるんでしょ？」

和美さんが言った。

「うん。商店街の近くにとめてあるから、行ってみようか」

ゆきくんが言った。

「そんな……。教えてもらえばひとりで歩きます」

「いいよ、いいよ、電車で行くのはちょっと厄介だし、車ならすぐなんだ。せっかく思い出したんだから、行ってみようよ」

「そうよね。房子さんの記憶のこと、わたしもちょっと気になるし」

和美さんが笑った。

「すみません、ありがとうございます」

「そしたら、俺、車取ってくるから、ちょっとここで待ってて。どうせこの小畔川沿いの道を行くことになるし、ひとりで走っていった方が早いから」

ゆきくんはそう言って、さっきの商店街の方に向かって走っていった。

「すみません、大がかりなことになってしまって……。ゆきくんも仕事があるのに申し訳ないです」

和美さんに言った。

「気にしないで。ほんとにすぐ近くだし。わたしたちもね、あのときなにもできなかったことがずっと気にかかっていたから。なにかさせてもらった方が落ち着くのよ」

「ありがとうございます」

それからしばらく、和美さんは僕がいなくなったあとのことを話してくれた。

風間家のことはゆきくんから聞いたけれど、祖母の親戚関係の話ははじめて聞くことばかりだった。祖母は六人きょうだいの下から二番目で、上の四人は男、祖母と末っ子だけが女の子だった。祖母の葬式のときに会ったきりで、もうみんな亡くなっているらしい。

いま生きているのは妹さんだけ。その妹さんも、数年前に遠方にいる息子さんのところに行ったので、それきり会っていないのだそうだ。

「実は守人くんに渡そうと思ってたものがあって。いまのうちに渡しておくね」

和美さんがそう言って、バッグのなかに手を入れる。

「これ」

小さな桐箱《きりばこ》を取り出し、僕に差し出す。見覚えのない箱だ。

「なんですか？」

不思議に思って訊いた。

「ああ、箱は最近わたしが買ったものだから気にしないで」

和美さんが笑う。布がはいっていた。なにか包まれているみたいだ。布をそっと開くと、白いすべっとしたものが姿をあらわした。

「石……?」

真っ白い、楕円《だえん》のような……。いや、真ん中が少しくびれた、繭《まゆ》のような形の小石だ。なんだろう? 不思議に思いながら取り出す。裏返して、はっとした。

モリヒト

そこには鉛筆でそう書かれていた。

見たとたん、それが祖母の筆跡だとわかった。いままで忘れていたけれど、祖母の字は少し角ばっていた。そして名前をカタカナで書くくせがあった。お年玉袋や年賀状に書かれていたのもこの文字だった。

「これは……?」

「わたしにもわからないの。最後に会ったとき、妹さんに渡されたのよ。房子さんが死ぬまでずっと持っていたものだって。妹さんもなんなのかわからなかったみたい。でも、モリヒトって書いてあるし、できたら本人に渡したい、自分はもうそんなに長くないだろうし、あなたたちに渡しておいた方が安心だから、って」

石とそこに書かれた文字をじっと見つめる。真っ白くてすべすべした石だ。そこにうっすらと鉛筆の字が残っている。こすったら消えてしまいそうで、文字のところにはふれないようにした。

「守人くん、覚えてないの？」

和美さんが訊いてくる。

「覚えてないです。でも、この字が祖母の字なのはわかります」

思い出せないけれど、文字を見ていると胸が熱くなってくる。祖母は死ぬまでこれを大事にしてくれていた。きっと僕の身を案じてくれていたのだと思った。

「ありがとうございます。うれしいです。祖母の記憶につながるようなものは、あまり持っていなかったので」

祖母だけではない。父や母につながるものも、あのアルバムくらいしか持っていなかった。引っ越しの準備をしていたとき、祖母が形見の品を荷物に入れようとしたのに、僕が拒んだのだ。それをこの家から引き離しちゃダメだ、と言って。

当時は、遠野家に行ったらあの家に戻れなくなるということが、よくわかっていなかった。遠野の家に行くけれど、いつかはここに戻ってこられる。心のどこかでそう思っていたし、なくなってしまうなんて想像もしなかったのだ。

「おーい」

そのとき、道路の方から声がした。車に乗ったゆきくんだった。

6

ゆきくんの車に乗りこみ、笠幡の方に向かって走りだした。川沿いにえんえんと広々とした土地が続き、ときどきあたらしく開発した住宅地が見えた。

「あ、あそこだよ、尾崎神社」

和美さんが言った。窓の外を見ると、こんもりした緑の一画がある。

「前に駐車場があるから、そこにとめて」

行事もなにもない平日だからだろうか、駐車場はがらんとしていた。神社の周りにも人影はない。ゆきくんが車をとめる。こんなところだっただろうか。こんな大きくて立派なところじゃなかった気がする。あたりを見まわしながら車を降りた。

和美さんが鳥居をくぐる。たしかにまわりには高い木が何本もそびえている。鎮守《ちんじゅ》の森という雰囲気である。

「あそこに小さい社《やしろ》があるよ。まずこっちから見ていこう」

ゆきくんは和美さんが指したのと反対の右側の小道を進む。左手に小さな鳥居があり、正面に細長い建物があった。赤い屋根で、前には紙垂《しで》がぶら下がり、稲荷《いなり》のきつねの石像が二体ならんでいた。

「摂社《せっしゃ》じゃない？　小さな社が並んでるんだと思う」

和美さんが言った。川越氷川《ひかわ》神社の裏にならんでいるのと同じようなものか。氷川神社では小さいがひとつひとつ独立した社だったけれど、ここは集合住宅のようになっていて、建物のなかが均等に区切られ、小さな社がはいっていた。

それぞれに名前があるのだろうが、文字がかすれていてよく読めない。

「えーと、なになに？　疱瘡《ほうそう》神社、少彦名命《すくなひこなのみこと》。稲荷神社、倉稲魂命《うかのみたまのみこと》」

ゆきくんの声がした。柱に神社と祭神の名前が書かれた紙が貼られていて、それを読んでいるみたいだった。ゆきくんのとなりに立ち、紙をのぞく。

①疱瘡神社　少彦名命
②稲荷神社　倉稲魂命
③天満天神社　菅原道真公

④養蚕神社　宇氣母智命

養蚕神社？

そのあとにも神社の名前が続いていたが、思わずそこで止まった。養蚕にたずさわる人たちがここを訪れていた、ということだろうか。

「これ、なんて読むんでしょうか？」

僕は「宇氣母智命」の文字を指して言った。

「ウケモチノミコトじゃない？」

和美さんが文字を見ながら言う。

「ウケモチノミコト？」

「食べものの神さま。女神で、その死体から食べものが生まれた、っていう……」

「ええっ、死体から？」

ゆきくんは驚いたような顔になり、スマホで検索をはじめた。

「ほんとだ。屍体《したい》の頭から牛馬、額から粟《あわ》、眉から蚕《かいこ》、目から稗《ひえ》、腹から稲、陰部から麦・大豆・小豆《あずき》が生まれた、って」

眉から蚕……？

金色姫や蚕影《こかげ》神社とはちがうみたいだが、女神であることや、身体から蚕が生まれたというのは金色姫の伝説とも少し似ている。そういえば、白木先生が川越周辺にも養蚕関係の石碑などがたくさん残っている、と言っていた。

このあたりも一面農地だったようだし、養蚕もおこなわれていたのかもしれない。繭玉飾りも作られていたのかもしれない。

さっき和美さんから受け取った小石も、繭に似ていた。真ん中が少しくびれた形は繭にそっくりだったし、大きさもちょうど繭くらいだ。いままで考えたこともなかったが、祖母の家も養蚕と関係があったのかもしれない。

建物にならぶ摂社ひとつひとつにお参りをしてから、本殿の方に戻る。本殿にもお参りし、となりの神楽殿《かぐらでん》も見た。たしかに右側に長い参道がのびていて、そのまわりに高い木があった。だが、僕が覚えていた風景とはまったくちがった。

「ここ？」

和美さんに訊かれ、首を横にふった。

「いいえ。こんなに大きな神社じゃなくて、もっと小さかった」

少しずつ記憶がよみがえってくる。

「社のうしろに小山があったんです。それで、その上に大きな木があって……」

「たしかに、ここには小山はないわよね。じゃあ、ちがう場所なのかな？」

和美さんが首をひねる。

「地図アプリで見ると、この道沿いにいくつか神社があるみたいだよ。どれも小さいけど、そのうちのひとつかも」

ゆきくんが言った。和美さんがどれどれ、とスマホをのぞきこむ。

「けっこうあるねえ。全部順番にまわればわかるかな」

「いえ、それは……。時間がかかりそうですし」

申し訳なくなって、僕は言った。

「けどさ、乗りかかった船だし。わからないと落ち着かないよ」

和美さんが笑った。

「守人くんの記憶だと、小さな神社で、うしろに小山があったんだよね？　地図アプリで航空写真を見ればわかるかも……」

ゆきくんが言う。細い道、小さな鳥居、奥にある小さな社。そのうしろに小山。

「小山ってどういう大きさなの？」

「ええと、山っていってもそんなに大きなものじゃないんです。山というより、塚……」

塚、という言葉を口にしたとたん、はっとした。

あれ、もしかしたら富士塚《ふじづか》なんじゃないか？

――実はこの川越の近くにもいくつか関係する神社があるのですね。川越氷川神社にも富士講碑《ふじこう》がありますし、富士塚もあります。仙波浅間《せんばせんげん》神社古墳、川越城富士見櫓《ふじみやぐら》の跡地の浅間神社、郭町《くるわまち》の浅間神社、的場《まとば》の浅間塚古墳、笠幡の浅間神社、ほかにも……。

繭玉飾りの白木先生のレクチャーを思い出す。

笠幡の浅間神社。笠幡……。文字起こしをしたから覚えていた。白木先生はたしかにそう言った。蚕影神社と書かれた石碑と、富士塚がある、と。

「ゆきくん、このあたりに浅間神社っていう神社、ない？」

「浅間神社？　えーと……」

ゆきくんがスマホの画面をスクロールする。

「あ、あるよ。この先の道を進んだところに、浅間神社っていう小さな神社が。ちょっと待って。いま拡大するから」

ゆきくんが航空写真モードになった地図アプリを拡大する。画面の中心に緑に包まれたこんもりした小山と小さな鳥居が見える。上空から見た写真だが、自分が行った場所と似ている気がした。ゆきくんが浅間神社の文字をクリックすると、神社の写真があらわれた。

「ここだ」

思わず声が出た。

小さな鳥居、小さな社、裏の小山とその上にそびえる丸くこんもり茂った木。

「この木、ヒヨクヒバっていうみたいだよ。川越市内でもかなり大きいものらしくて、市の天然記念物に指定されてるって」

「とにかく行ってみましょう。車ならすぐだもんね」

和美さんに言われ、神社を出てふたたび車に乗りこんだ。

車の窓から景色をながめる。さっきゆきくんが言っていた通り、敷地の広い家がならんでいる。建物はあたらしくなっていることもあるが、きっと本百姓《ほんびゃくしょう》と言われていたような古くからの家なんだろう、と思う。祖母の家もこうした家のひとつだったんだろうか。

窓の外には平たい土地が広がっている。白木先生は、富士山信仰の人たちは、富士塚にのぼることで富士山と交信ができると信じていた、と言っていた。この平たい土地で、小高い場所を富士に見立てたのか。自分たちで土を盛って、小さな富士を作ったのか。

「このへんじゃないかな」

ゆきくんがそう言って車をとめる。右手を見ると、見覚えのある小道が見えた。

「ここだ」

すぐとなりに民家があり、どうやら浅間神社はこの家の敷地のなかにあるらしい。鳥居を抜け、社に通じる細い道はあるから、お参りするだけなら大丈夫そうだった。

「この場所でまちがいない？」

和美さんが訊いてくる。

「はい。まちがいないです。あの小山に、あの木。僕が小さいころに来た場所です」

三人で車を降り、細い道を黙って進んだ。冬だから、記憶のなかの景色とはだいぶちがう。祖母といっしょのときはまわりの田畑も青々としていたが、いまはすべてが枯れ草色だ。鳥居をくぐっていくと、数段の石段の上に小さな社があった。

社に向かって礼をして、富士塚にのぼる小道を見あげた。足元にはいくつか石碑のようなものがあり、小山の途中から太いヒヨクヒバの幹がのびていた。細い枝が糸のように垂れ、葉も細い。常緑樹なのだろう、冬なのに葉がついていた。

「ひとりの方がいいかな」

ゆきくんに訊かれ、小さくうなずいた。

「わたしたちは車で待ってるから、ゆっくり見てきて」

和美さんが言った。

「わかりました。ありがとうございます」

頭をさげ、横の道をのぼる。たいした高さではない。せいぜい二階にのぼるくらいの小さな塚だ。だが、傾斜は急で、気をつけないと足がすべりそうになる。ヒヨクヒバの根本で道が曲がり、そこをすぎるとほんの数歩で山頂だった。

浅間神社と書かれた石碑が風に吹かれていた。人がひとりかふたり立つのがやっとの狭い場所。むかし、祖母とたしかにここに来た、と思い出した。

白い空がどこまでも広がっている。川越の町なかにいると、周囲に建物がならび、人もたくさんいてにぎやかで、こうやって人に囲まれて暮らすことが生きることなんだと思う。でも、町を出ると、こんな空間が続いている。川島町もそうだった。

だだっ広く、空ばかりが広がって、心細くなる。人というものがすごく小さく思えてくる。町では日がな人々が言葉を交わす。でも畑仕事をする人たちはたぶん日中の大半を黙って過ごす。ただ黙々と、空の下で作物や土と向かい合って身体を動かす。

人と話すのではなく、土や作物や自分自身と言葉を交わす。言葉は身体にもぐって、深いところで木霊《こだま》する。喜代さんも敏治《としはる》さんも、僕の祖母もそういう暮らしのなかで生きていたんだろう。

さっき和美さんから受け取った桐箱のことを思い出し、カバンから取り出す。蓋《ふた》を開けてなかの白い石を取り出した。

すうっと、目の前に祖母の皺々《しわしわ》の手が浮かび、草の匂《にお》いがした。蟬の声もする。これは子どものころの僕の見ている世界だ、と気づいた。

——おばあちゃん。

子どもの声。子どものころの僕がしゃべっている。

——ちょっと手を出して。

——え、なあに？

目の前に、祖母の皺々の手がのびてくる。僕は小さいこぶしを祖母の手のひらにのせる。

——これあげる。

こぶしを広げる。祖母の手のひらの上に小石がのっている。

繭の形の真っ白い石だ。

——なあに、これ？

——きれいでしょ。この前、うちの近くで見つけたんだ。きれいだから、おばあちゃんにあげようと思って持ってきた。

——そうなの。ありがとう。へえ、きれいねえ。真っ白で、繭みたい。

——繭？

——うん。そういうものがあるのよ、お蚕さんが作るの。きれいな糸が取れるんだよ。

あのころの僕は、繭のことも蚕のことも知らなかった。蚕が虫だとは思わず、お蚕さんという人がいるのだと思っていた。

——お蚕さんは神さまみたいなものだからね。この石はお守りにして、大事にするよ。

——うん。

お守りにする。その言葉がなぜかとてもうれしくて、僕は大きくうなずいた。祖母が喜んでくれたことがうれしかったんだろうと思う。

そうか。この石は僕が祖母に渡したものだったんだ。

じっと石を見つめる。

あれは僕が小学校にはいる前。まだ父も母もいて、祖父も仕事をしていたころ。そういう生活がなくなってしまうなんて、思ってもいなかったころ。世界は見たことのないものでいっぱいで、あたらしいものを見つけるたびに心が躍った。

この白い石も。白いなかにところどころ透明で光る部分があって、それがどきどきするほどうつくしくて、どうしても祖母に見せたいと思って持ってきたのだった。

——守人。

また祖母の声がする。疲れてしわがれた声だった。僕もうつむいたままで答えない。

これは遠野家に引き取られる少し前の記憶だ、と思う。あの日もここにやってきたんだ。

引っ越しの準備をする少し前。祖母とふたり、この小山にやってきた。

祖母に手を引かれ、ただ黙々と歩いていた。あのときも空は晴れていて、蝉の声が響いていた。むかしはあんなに輝いていたのに、そのときの僕にとって、世界はただ重苦しい塊のようだった。なにも動かない。なにも光らない。

——守人、ごめんねえ。

祖母は細い声でそう言った。

——遠野のおじいちゃんは少し厳しい人なんだよ。悪い人じゃないんだ。けど、むかし守人のお父さんとケンカして、いまもお父さんのことを許せていないんだと思う。

祖母はそう言ったが、僕はうつむいたまま、じっと黙っていた。僕にとっては両親がいなくなったことがすべてで、むかしのケンカのことなどどうでもよかった。

——考え方がちがったんだよねえ。遠野のおじいちゃんは、相手がまだ若いから、自分の子どもだから、自分の方がものを知ってる、自分の方が正しい、って思っちゃったんだろうね。きっとお父さんのことを考えてのことだったんだよ。

あのとき祖母は、ときどき考えながら、できるだけ僕にわかるようにそう話していた。

なにもかもすっかり忘れていた。両親が死んでから遠野の家に行くまでのあいだの記憶はひどくあいまいで、切れ切れだった。思い出したくなかったから、記憶の底に深く沈めて、浮きあがってこないようにしていたんだと思う。

それが川越に来て、月光荘に住むようになってから、ぽつぽつとよみがえってくるようになった。引き取られる前、荷物の整理のために祖母と所沢の家に行き、一晩泊まったこと。遠野家に行ったあと、ひとりで所沢の家を訪ね、家がなくなっていたこと。

そんな記憶がよみがえったのも、月光荘に来てからのことだった。

――ねえ、守人。

頭の上から祖母の声が聞こえてくる。その声があったかくて、やさしくて、涙がこみあげてくる。

――おばあちゃんはね、守人にしあわせになってもらいたいんだ。

――無理だよ。

僕は即座にそう答えた。

――もうお父さんもお母さんもいないんだ。僕にとってのしあわせは、お父さんとお母さんといることだ。それはもう絶対にないんだ。しあわせになんてなれるわけがない。

うつむいたまま、泣きながら、僕は必死に言った。地面にぼたぼた涙がこぼれた。祖母を責めるつもりなんてなかったんだ。でも、不可能なことを言われた気がして、ただそんなことは無理だって訴えたかった。

——そうだね。

祖母が皺々の手で僕をぎゅっと抱きしめた。やわらかい肉の向こうに細い骨があるのがわかる。

——守人のお母さんはね、おばあちゃんの娘なんだ。自分より先に子どもが亡くなるのは、なによりも辛いことなんだよ。

祖母が泣いているのがわかって、僕ははっとした。祖母の胸は大きく波打ち、折れてしまいそうだった。

——でもね、おばあちゃんには守人がいる。守人がしあわせになることが、日和子《ひなこ》のしあわせだとおばあちゃんは思う。

日和子とは僕の母の名前だ。もう死んでしまったのだから、しあわせになれるはずがない。そう思って唇を噛む。でも、祖母が必死に話しているのがわかったから、口答えする気にはなれなかった。

——いちばん大事な人がいなくなったんだから、いまは辛い。けどね、大事なものはまたできるかもしれない。おばあちゃんのお父さんも戦争で死んだんだよ。それからきょうだいみんなで本家で育ったんだ。

——そうなの？

はじめて聞く話だった。祖父も祖母も戦争の話をあまりしなかったから。

——いつもお腹《なか》が空《す》いてたし、いやなこともたくさんあったんだよ。生きてるから生き続けてただけ。だけど生きてたから、日和子も生まれたし、守人にも会えた。

祖母が僕をじっと見た。生きてるから生き続けてた。その言葉がとても怖かった。生きるってそういうことなのか。考えたら生きものはなんだってそうだ。動物でも植物でも。ただ生きてるから生き続けている。そのことが重く、苦しかった。

でも、祖母の目はやさしくて、悲しくて、目をそらすことはできなかった。

——だからね、おばあちゃんはしあわせだったんだと思う。

——僕たちに会えたから？

——そう。

祖母がうなずく。

——わかった。

僕はうなずいた。ほんとうはわかってなどいなかった。たとえ生き続けたその先にしあわせがあったとしても、それはいまの僕には関係のないことに思えた。

——守人、やさしい人になるんだよ。

——やさしい人？

——そうだよ。おじいちゃんも守人のお父さんも、やさしかったでしょう？

仕事をしているときは祖父も父もときどき怖かった。だけど、家ではやさしかった。ふたりとも体格がよく、力も強かったけれど、怒ることは滅多になかった。

——男の子は強くならなくちゃいけない、ってみんな言うけど、ほんとに強い人は、やさしい人なんだよ。力ずくで言うことを聞かせようとする人は、単なるお馬鹿さん。

祖母がやさしく笑った。ずっとむかしから変わらないやさしい笑顔で、僕はそのとき、変わらないものもあるんだ、と思った。

あのあとすぐ、祖母は亡くなったのか。

白い石の裏の文字を見つめる。お守りにするって言ってたけど、自分のためのお守りじゃなくて、僕のためのお守りだったんだ。そう気づいた。

石を箱におさめ、急な道をゆっくり降りた。坂の入口まで降り、足元に立っている石碑に目を向けると、蚕という文字が見えた。かすれているが、よく見ると「蚕影山大権現」と書かれている。これが白木先生が言っていた蚕影山関係の石塔だったのだと気づいた。

7

車のなかにゆきくんと和美さんが待っていた。

「すみません。ありがとうございました」

頭をさげて、車に乗りこむ。

「なにか思い出せた？」

助手席に座っている和美さんに訊かれ、はい、と答えた。

なにかわかったわけじゃない。でも、大事なものが胸のなかに戻ってきた。

「あの白い石のことも思い出しました」

「ほんとに？」

和美さんが身体をひねり、僕の方を見た。

「はい。あれは僕が小さいころ、家の近くで見つけて、祖母に渡したものだったんです」

「そう」

和美さんはそれだけ言って前を向いた。

「えーと、いま母さんと話してたんだけど、守人くんにこれから用事がないなら、鶴ヶ島のうちに来て、いっしょに夕食をとるのはどうかな？」

　ゆきくんが言った。

「って言っても、とくにご馳走《ちそう》があるってわけじゃないけどね」

　和美さんが笑った。

「いいんですか？　僕はとくになにも……」

「じゃあ、そうしよう。父さんも会いたがってたんだ。夜には帰ってくるし」

「すみません、なにからなにまで」

「いいよ、俺はちょっと片づけがあるからワタヤに寄らないといけないんだけど、どうしよう。母さんと守人くんだけ、先に家に送ろうか？」

「ううん、わたしたちも店に行く。コーヒーも飲みたいし。片づけが終わったら帰りに車でスーパーに寄って、夕食の買い出しをしましょう」

「え、お客さんもいっしょに？」

「いいじゃない、親戚なんだから。ねえ、守人くん」

　和美さんが言った。

　親戚……。その響きがなんだか新鮮で、胸のなかがほんのりあたたかくなった。

「こちらこそいきなりお邪魔するわけですし、もちろんお手伝いします」

そう答えた。

ワタヤに戻り、下のカフェで和美さんとコーヒーを飲んだ。ゆきくんの仕事が片づいたところで車に乗り、途中スーパーマーケットに寄った。ゆきくんの提案で夕食は鍋と決まり、材料を買いこむ。

鶴ヶ島の家に着くと、同居しているという和美さんのお母さん、シマさんが出迎えてくれた。僕は初対面だったけれど、ずっとお店を営《いとな》んできたからだろう、気さくに話しかけてくれて、ほっとした。和美さんやゆきくんのほがらかさに似ている、と思った。

ゆきくんのお父さん、幸弘さんもすぐに帰ってきた。スーツを着て、いかにもサラリーマンという感じで、妙に新鮮だった。

木更津の祖父もむかしはそうだったのだろうが、僕を引き取ったときはもう引退していたし、父も大工でスーツは着なかった。僕は生まれてこのかた、こういうスーツを着た人が家にいるのを見たことがなかったのだな、と気づいた。

「守人くん、久しぶり」

幸弘さんは落ち着いた口調で言った。

「今日は突然お邪魔してしまってすみません」

「いやいや、久しぶりだし、わたしも会えてうれしいんだ。ゆっくりしていってくれよ。ちょっと着替えてくるから」

そう言って部屋にはいっていった。

和美さんとシマさんがならんで台所に立ち、材料を切ってならべている。ゆきくんは電気式の鍋を棚から出し、食器をテーブルに置く。僕は少し手持ち無沙汰《ぶさた》で、ソファに座ってリビングのあちこちをながめた。

茶色の壁も木製の食器棚も、子どものときの記憶と同じだった。あのころの僕にとっては、ここはえらくモダンな家に見えていた。でも、木更津の家もこんな感じだったから、いまはもうとくにめずらしさは感じない。

ほどなく食卓の準備が整い、幸弘さんもスポーツウェアっぽい服に着替えてリビングに戻ってきた。鍋がくつくつと煮えはじめ、湯気がふんわり立ちのぼる。

「今日は笠幡の方まで行ったんだって?」

幸弘さんが僕に訊いてきた。

「はい。祖母の実家がそのあたりにあったと聞いて」

「ああ、でも、房子さんの実家はもうなくなっているんだろう?」

幸弘さんが和美さんに訊いた。

「家はね。でも、守人くんが覚えてる場所があって。むかし房子さんと行った神社」

「尾崎神社か？」

「ううん。その先の、浅間神社っていう小さな神社」

和美さんが答える。

「浅間神社……。わからないなあ。そんなところがあったんだ」

幸弘さんが首をひねった。

「でも、浅間神社、ってことは、富士講と関係があるのかな？」

幸弘さんの言葉にはっとした。どうやら幸弘さんは富士講のことを知っているらしい。

「富士講？」

ゆきくんが訊く。

「富士山を信仰するグループみたいなものだよ。集《つど》って富士詣《もう》でをしたんだってさ。まあ、旅行の口実みたいなところもあったんだろうけど」

幸弘さんが笑った。

「関係があると思います。浅間神社の裏には小山があって、富士塚だと聞いた覚えが」

僕は答えた。

「ああ、富士塚。やっぱり」

「塚の下には『蚕影山大権現』の石碑もありました」

「蚕影山の……。そうか、あのあたりも養蚕をしてたんだろうからなあ。守人くんは富士講や蚕影山のことを知ってるんだね。大学院はそっち関係なのかな？」

「いえ、大学院の専門は近代文学で……。養蚕関係の話は、最近川越の旅館で開催されたイベントのレクチャーで聞いたんです」

僕は新井でのイベントのことをかいつまんで説明した。

「なるほど、織物関係のイベント。川越ではそういうイベントも開かれてるのか。しかし、富士山信仰っていうのも不思議なもんだよなあ。そういえば、埼玉県の一部の地域には『初山《はつやま》』っていう行事もあったみたいだよ」

「『初山』？」

「うん、町会の人から聞いたんだ。地元の人なんだけど、このあたりのことにやたらとくわしいんだよ。浅間神社や富士講のこともその人から教わったんだ。初山っていうのは生後一年の子どもを連れて富士塚にのぼる行事らしい」

「お宮《みや》参りとはちがうんですか？」

シマさんが訊く。

「お宮参りと山開きが合体したようなものなんじゃないかと思います。子どもの健康を祈願して、富士塚にのぼる。富士の祭神は木花咲耶姫《このはなのさくやひめ》で、安産や子育ての神さまだから。初山も年に一度、山開きの日におこなっていたんだってさ」

——守人、お山に行こう。

ふっと祖母の声が耳によみがえる。

お山。そうだ、祖母はあの小さな山のことをお山と呼んでいた。

——今日はお山にのぼるんだよ。守人の健康のためにね。

——健康？

——病気したり、怪我《けが》したりしないように、ってこと。

祖母はそう言って僕の手を引いた。お山にのぼる日は、いつも暑かった気がする。生後一年ではなく、もっと年齢があがって僕がひとりでお山にのぼれるようになってからも、祖母は夏になるとあの神社に連れていっていたのかもしれない。

最後に富士塚に行ったのも、僕の健康を祈るため。病気でしんどかったはずなのに。白い石の裏に僕の名前を書いたのも、僕を守るため。

「その人の話だと、このあたりもむかしはかなり養蚕がさかんだったみたいだから。房子さんの実家も、桑畑《くわばたけ》を持っていたって聞いたような」

「桑畑？」

ゆきくんが訊く。

「蚕の飼料だよ。養蚕は、むかしは日本の主要産業だったからね。桑畑もたくさんあった。桑畑とか茶畑って、地図記号もあるだろ？　むかしはそれだけたくさんあったってこと」

幸弘さんが言った。

「まあ、生糸《きいと》産業も、相場の読みちがいで失敗して没落、とか、いろいろあったみたいだけど。この近くにある霞ヶ関カンツリー倶楽部《くらぶ》の開発も、もともとは生糸での大損を取り戻す目的もあったとか」

「生糸での大損？　そうだったんだ」

ゆきくんが訊いた。

「いまは由緒ある名門ゴルフ場って言われているけど、あそこの歴史もなかなかおもしろいものなんだよね。ゴルフ場を開発したのは、發智庄平《ほっちしょうへい》っていう当時の地元の篤志《とくし》家《か》で、この發智庄平とともに生糸貿易事業をおこなっていたのが、現在の星野《ほしの》リゾート創業者・星野国次《くにじ》の弟、星野正三郎《しょうざぶろう》だったんだ」

「星野リゾート？　あの有名な？」

和美さんが目を丸くする。

「そう。当時は軽井沢《かるいざわ》の星野温泉旅館。正三郎は長野県佐久《さく》市にある実家の生糸業を継いで、發智庄平と横浜に日米生糸株式会社を作った。でも、関東大震災で大量の生糸が焼けてしまって。その損失を取り戻すために、ゴルフ場開発の話を持ちかけたみたいだ」

幸弘さんはゴルフ場開発の話からはじまり、霞ヶ関近辺の歴史について語った。

かつては高麗《こま》郡の一部であり、高句麗《こうくり》から移り住んできた渡来人によって、多くの技術がもたらされたこと。平安末期には入間川と小畔川の合流するあたりに「河越館《かわごえやかた》」という建物があり、室町《むろまち》時代まで栄えていたということ。

この家のある鶴ヶ島は、江戸時代に開拓された土地らしい。江戸時代初期、浪人たちの土着帰農のため、幕府は新田開発を進めた。これを土豪《どごう》開発新田といい、現在の鶴ヶ島の上新田《かみしんでん》、中《なか》新田、下《しも》新田という地名はその名残《なごり》なのだそうだ。

第二次大戦後は、復員軍人、引き揚げ者、戦災者、仕事の確保と食糧増産のため、戦時中陸軍坂戸《さかど》飛行場だった富士見地区、赤松林の伐採跡地の鶴ヶ島地区の開拓がはじまる。土がかたく、赤土で作物が育たず、開拓は容易ではなかったらしい。

「まあ、そういう開拓の歴史の上に、いまの我々の生活があるってことなんだよね。若いころはそういう話にはあまり興味がなかったけど、いま聞くと胸に沁《し》みる、っていうか、むかしの人はすごいなあ、と思うんだ」

幸弘さんが言った。

長いことずっと会っていなかったけれど、鍋を囲んでの食事はなぜか心が落ち着いて、やはり血がつながっているということなのかもしれない、と感じた。

「そうだ、守人くん。守人くんはもしかして、お父さんお母さんのお墓のことも知らないんじゃないのか？」

食事が終わるころ、幸弘さんが言った。

お墓……。その言葉にはっとした。祖父はお墓のことも教えてくれなかったのだ。だからいままでお墓のことを考えたことがなかった。

むかし、祖母に連れられて行ったことはある。だが、墓地の場所はわからなかった。あのころはまだ小学校低学年だったから、それがどこなのか覚えていなかった。

「はい。知らないです。ずっとむかし祖母に連れられて行ったことはあるのですが、それがどこだったかは……」

「そうか。それは……」

幸弘さんは言い淀《よど》む。

「お父さん、お母さんのお墓は狭山にあるんだ。風間家の代々の墓の近くで……。うちの墓といっしょに風間家のものが世話をしてきたんだが……」

「すみません」

僕は頭をさげた。

「いや、いいんだ。知らなかったんだから仕方ない。遠野家のおじいさんも、それくらい教えてやってもよかったのに」

幸弘さんが苦虫を嚙《か》み潰《つぶ》したような顔になった。

「不器用な人だったんじゃないかと思うよ。房子さんもそう言ってた」

和美さんが言った。

「けどな」

幸弘さんはまだ納得できないという顔である。

「いえ、僕が自分で調べればよかったんです。親戚に訊けばわかったことで……」

「って言っても、親戚の連絡先、ひとつも知らなかったんだろ？」

ゆきくんが言った。

「まあ、いい。過ぎたことを言っても仕方ないし、おじいさんももう亡くなられたわけだから。ともかく今度一度いっしょに行こう。お寺さんにもごあいさつしよう」

「はい。よろしくお願いします」

これまでは親の墓も知らず、先祖ともつながらず、ふわふわと生きてきた。なんの責任もない存在として、宙に漂うように。しかし、人はみな土から生まれた。土から足を離して生きることなどできない。

こういうことで、人は地面とつながっていくのかもしれない、と思った。

「そういえば、守人くんは古民家で住みこみ管理人をしてるって聞いたけど」

幸弘さんが言った。

「はい。家の世話をすることで家賃なしにしていただいていて」

「それで、今度その古民家をイベントスペースとして活用することになって、家主さんにそっちの運営もまかされたんだって」

ゆきくんが説明してくれた。

「イベントスペースの運営か」

幸弘さんが、うーん、とうなる。

「それで大丈夫なのか？　やっていけるのか？」

そう言って、僕をじっと見た。こういう目で見られるのははじめてだと思った。川越で出会った人たちとは少しちがう。これが勤め人の目なのかもしれない。

「やっていくつもりです」

背筋をのばし、答えた。

「祖父が死んでから、いろいろ考えてきました。どうやって生きていくのがいいのか、と。自分は、大きな組織で働くのは無理だと感じました。研究者になるのもちがう。迷いましたが、川越の人とともに、川越で働くならできるんじゃないかと思いました」

僕が言うと、幸弘さんは小さくうなずいた。

「流されて決めたことじゃないならそれでいい。ただな」

そう言って、僕を見る。

「ひとりで生きていくだけなら、どんなことをしたって生きていける。だが、人は、ある程度の歳になればみんな背負うものができてくる。家族ももちろんそうだけど、歳を取って働けなくなってからの自分自身のことだって。病気になって動けなくなることだってある。いま暮らしていけるから、というだけではすまないこともたくさんあるんだよ」

幸弘さんの言葉が胸に重く響いた。

「いまは大企業にはいればそれでいいってわけでもない。守人くん自身がその道をよしとするなら、そのまま進めばいい。ただ、ちゃんとその場を育てることを考えるんだ。儲《もう》けることを悪のように思う人もいるけど、生きるためには必要なことだ。これは由孝にも同じことが言えるけどな」

「そうだね」

ゆきくんがうなずいた。

「とにかく、まずは自分で生きていけるようにがんばりなさい。でも、どうにもならなくなったらうちを頼ってくれ。たいした資産もないが、親戚なんだから」

親戚なんだから。その言葉が胸にひたひたとしみこんでくる。

「ありがとうございます」

それだけ言って深く頭をさげた。

「まあ、今日はそのくらいでいいんじゃないの？」

和美さんが笑った。

「すまない。つい心配が先に立って」

幸弘さんも笑う。

夕方のぼった富士塚から見た風景が頭をよぎる。あの土地だって最初からああだったわけじゃない。だれかが切り開き、耕してきた土地なんだ。

「まあ、おたがいにがんばろう。道はあるよ、きっと」

ゆきくんが言った。

——守人、お山に行こう。

——今日はお山にのぼるんだよ。守人の健康のためにね。

――病気したり、怪我したりしないように、ってこと。

白い石に書かれた「モリヒト」という文字が頭に浮かぶ。

生きてるから生き続ける。ただそれだけのことなのに、みな必死に生き、子どもの健康を祈る。その営みがこの世界を作っている。

祖母の声を思い出しながら、そうだね、と言って深くうなずいた。

第三話　桜のあと

1

二月の終わりが近づくと、あれやこれやで忙しくなってきた。

月光荘《げっこうそう》だけならここまでではなかったのだろうが、「昭和の暮らし資料館」と「紙結《かみむす》び」と合同で告知を打ったため、新聞や雑誌、地元のウェブメディアなどの取材がいくつかはいっていた。

イベントスペースを整えるための買い出し、各イベントの責任者との打ち合わせ、三施設合同のオープニングパーティーの準備……。毎日いくつものちがうタイプの仕事に追われ、気がつくと夜になっている。

修論に取り組んでいたときはひとつのことに集中していればよかったが、いまは同時に複数のことを進めなければならない。なにをどこまでやったか頭が混乱するし、金銭がからんでいるからまちがいも許されない。緊張の連続だった。

でも、これが仕事というものなんだろう。外の人とつながって、いろいろな理屈で物事が進んでいく。その場に応じて考え、対応する。立ったり座ったり、歩いたり走ったり、なにかをよけたりバランスを取ったり、状況に合わせて身体《からだ》を動かすのと同じように。

大工として働いていた父や祖父の姿をぼんやり思い出した。自然な動きで、なにも考えてなどいないように見えた。でもきっとあれは、身体全体で考えていたんだ。いや、考えるより早く、身体を動かすものがあるのかもしれない。

僕がときどき陥る、思いのなかに潜《もぐ》っていく行為は、きっと「考える」のとは別のことなんだ。夢想《むそう》というのか。「考える」とは水のなかで泳ぐもの。あれは水のなかに吸いこまれ、ただ漂っているようなものなのかもしれない、と思った。

三月のはじめにゆきくんから連絡があり、お彼岸《ひがん》の時期に風間《かざま》の家の墓参りに行くことになった。土曜日に学位授与式があるため、墓参りはその翌日の日曜と決まった。

ゆきくんの家だけでなく、ゆきくんの伯父《おじ》である幸久《ゆきひさ》さんの家の人もいっしょで、墓参りのあと幸久さんの家を訪ねることになった。

——幸久伯父さんに守章《もりあき》の写真のことも頼んでおいたからね。そのときに見せられると思うよ。

ゆきくんのメッセージにはそう書かれていた。

学位授与式の日はよく晴れた。あたたかく、もう桜も咲いている。修士課程に親しい友人はいないが、それでも見知った顔はあり、声をかけられて少し会話を交わした。

木谷《きたに》先生やべんてんちゃんたち学士の卒業生ともいっしょに写真を撮った。べんてんちゃんから、このあとみんなといっしょにお茶を飲みに行きませんか、と誘われたけれど、ここで過ごした日々のことをひとりでゆっくり思い返したい気がして断った。

構内を見渡すと、大学に入学した当時の記憶がよみがえってくる。あのころはまだ、ただ高校を出たら大学にいくものと思って受験しただけで、自分がなにをしたいのかまるでわかっていなかった。いや、「したいことをする」という考え方自体、持っていなかった。

よく使っていた校舎をまわり、ゼミで使っていた教室に行くと、教卓に木谷先生がぽんやり座っていた。

「先生、四年といっしょにお茶を飲みに行ったんじゃないんですか」

僕が訊《き》くと、木谷先生は、ははは、と笑った。

「行かないよ。君たちが四年のときも、行かなかっただろう?」

そういえばそうだった。僕は田辺《たなべ》に強引に連れられて、駅の近くの店に行ったのだが、木谷先生の姿はなかった。

「みんなが卒業したあとは、いつもひとりで教室で過ごすことにしているんだ。みんなの声が教室のなかに残っているような気がしてね。それをしばらく聞いて、心のなかで自分なりにみんなの門出を祝って、それで家に帰るんだ」

「そうだったんですね」

みんなの声が教室のなかに残っている。それは家の声とはちがうものだけれど、気持ちは少しわかる。いまもこうしてしずかに耳を澄ますと、田辺や石野《いしの》や沢口《さわぐち》やべんてんちゃんたちの笑い声が聞こえるような気がした。

「お別れは体力を使うものなんだ。それがよい門出であっても。だから今日はそれを受け止めるだけ。もう歳《とし》だからね。無理はしない」

木谷先生は目を閉じて椅子《いす》の背にもたれた。先生にとっては毎年のことだが、別れは別れ。やはりさびしいのかもしれない。

「すみません、じゃあ、僕がいたら邪魔になってしまいますね」

「いや、それはいいよ。けど、遠野《とおの》くんこそ、みんなとお茶に行ったんだと思ってた。後輩だけどさ、四月になるともうなかなか会えなくなるよ」

「そうですね。でも……」

僕は言い淀《よど》んだ。

「これまでにじゅうぶん話したかな、って。今日たくさん話したら絆《きずな》が深まるというものじゃないと思いますし。それに、四年だけの方が話しやすいんじゃないかと」

　僕は後輩たちからは相変わらず「仙人」というあだ名で呼ばれていて、たぶん僕をおそれている後輩というのはいない。それでも先輩は先輩だ。いれば気づまりだろう、と思う。

「まあ、そうかもしれない」

　木谷先生は笑って、窓の外を見る。

「不思議なもんだよなあ。学校というのは毎年別れがあるだろう？　この別れによって僕の心のなかにも年輪ができているような気がする。時期が春だから余計にそう感じるのかな。会社だとここまではっきり年輪は刻まれないだろうし、時の流れに対する感覚がちがったかもしれないね」

　こうやって、教室で木谷先生といつまでも話していたい気がした。

　僕が自分というものと向き合い、自分の生きる道を探すことができるようになったのは、まちがいなく木谷先生のおかげである。そのことへのお礼を言いたかった。そして、その前に、ゆきくんたちと再会したことを話さなければならない、と思った。

「木谷先生、実は、長いこと連絡が取れずにいた母方の親戚《しんせき》が見つかったんです」

「ほんとに？」

　木谷先生が目を丸くした。

「僕が遠野の家に引き取られたあとも、風間の家はずっとこちらにあって……。真山《まやま》さんの伝手《つて》で、はとこの一家と会って話すことができました。僕の祖母のその後のこともわかりましたし……」

これまでのできごとをかいつまんで説明する。

「そうか」

木谷先生はじっと黙って聞いていたが、話が終わるとゆっくりとそう言った。

「よかったな」

声がふるえているのがわかった。

「いや、よかった。ほんとうに……」

木谷先生が眼鏡《めがね》を外す。頰《ほお》から涙がぽろぽろ落ちていくのが見えた。

泣いてる……？

わけがわからず、うろたえた。

「世の中には、そんな奇跡みたいなことが起こるんだな」

先生が顔をあげ、涙をぬぐった。

「全部、先生のおかげなんです。先生が月光荘を紹介してくれて、川越《かわごえ》に住むようになって、だから親戚ともつながれた。でも、ただ親戚が見つかっただけでは、こんなふうに感じることはなかったと思うんです。その前にいろいろな人とのつながりがあって……」

大学にはいったころ、僕の心は閉じていた。木谷先生と出会って、田辺と出会って、べんてんちゃんや安藤《あんどう》さん、佐久間《さくま》さんや安西《あんざい》さんや美里《みさと》さん、喜代《きよ》さんと出会って、だからゆきくんたちとの再会を受け入れることができた。

「そうか、よかったなあ。すまない。なんでだろうな。ただうれしくて、涙が出る」

木谷先生はそう言って、また涙をぬぐう。

「ありがとうございます。お彼岸には、両親の墓に行くことになっていて……」

そう口にしたとたん、僕の胸にもなにかがこみあげて、うわっと涙が出た。

なぜだろう、墓に行ったって、両親に会えるわけじゃないのに。

うつむいたままで、目から涙がこぼれ落ちてゆく。

「うん、よかったよ。ほんとに」

先生の声がした。

「いい春だ。今年はほんとうに」

頭の上から声が降ってきて、ひらひら落ちる花びらに包まれているようだった。

2

翌日は墓参りだった。本川越《ほんかわごえ》から西武新宿線《せいぶしんじゅく》に乗って狭山市《さやまし》駅へ。歩いてもそう遠くないという話だったが、ゆきくんが駅まで車で迎えにきてくれた。

駅前のロータリーからのびる道をまっすぐ進み、二、三分走るとすぐに寺に着く。車を降りたとたん、来たことがあると思った。門の前にある階段は以前と少しちがうようにも見えたが、門の屋根の下にほどこされた彫刻には見覚えがある。

まちがいない。小さいころに何度もお墓参りに連れてこられた寺だった。あのころは車だったからどこの駅かもわかっていなかったが、川越からこんなに近いところだったのか。

ゆきくんによると、幸弘《ゆきひろ》さんと和美《かずみ》さんはもう先にお寺に着いているらしい。

「桜、今年はもう咲いてるんだな」

参道の桜の木を見ながらゆきくんが言う。階段をのぼり、境内《けいだい》にはいる。本堂もまた見覚えのある建物で、一瞬、祖父母や両親の声が聞こえたような気がした。

「このお寺には、数年前に亡くなった詩人の吉野弘《よしのひろし》さんのお墓もあるんだ」

ゆきくんが言った。

吉野弘。詩にはくわしくないが、「夕焼け」や「I was born」は教科書などで読んだ。平明《へいめい》な言葉で生きることの真実をずばりつかんでいるような気がして好きだった。

「詩なんてあまり読まないんだけど、むかしから吉野弘さんの詩は好きだったんだ。平明な言葉で生きることの真実をずばりつかんでいるような気がして」

ゆきくんが言った。

「とくに『生命は』って詩が好きだった。『生命は／自分自身だけでは完結できないように／つくられているらしい』ではじまる詩」

ゆきくんに言われ、ぼんやりその詩のことを思い出した。たしか中学のときに読んだ。中身はほとんど忘れてしまったが。

「由孝《ゆきたか》」

遠くから声がした。墓地に続く道の方から幸弘さん、和美さんとともに、しっかりした体格の男性と小柄な女性があらわれた。ふたりとも歳を取って白髪《しらが》まじりになっているが、顔には見覚えがある。男性は幸久さん、女性は温子《あつこ》さん。ゆきくんの伯父と伯母《おば》である。

「守人《もりひと》くんか」

幸久さんが言った。よく通る、腹から出ているような声だった。

うなずいて頭をさげる。顔をあげると、幸久さんが僕をじっと見て、大きくなったなあ、と言った。身体も声も大きく、子どものころは少し怖いと思っていた。体格のよさは変わらずだが、いまはもう背は僕の方が少し高い。

「由孝からいろいろ聞いたよ。大変だったな。また会えてよかった」

そう言って、僕の両肩をがっしりつかんだ。大きな手、強い力。ふと祖父の手のひらを思い出した。子どものころ、僕の肩を抱いた祖父の手のひらも、こんなふうに大きくて、分厚《ぶあつ》かった。

「それにしても、ほんとに守章じいさんと似てるなあ」

幸久さんは少し離れて僕の顔をまじまじと見る。

「ほんとよね。若いころの写真にそっくり」

温子さんもうなずいた。温子さんには八重歯《やえば》がある。むかしは幼稚園の先生をしていたこともあるそうで歌がうまく、ピアノも弾けると聞いたことがあった。

「ともあれ、まずは墓参りをしよう」

幸久さんに言われ、墓地の方に進んだ。墓の手前でゆきくんが桶《おけ》に水を汲《く》む。

ああ、そうだった。祖父母や両親と墓参りに来たときも、ここでこうして水を汲んで墓を清めた。あのころいっしょに墓参りした祖父母も両親もいまはこの世になく、墓のなかで眠っている。なんだか信じられない。

風間家の墓は、墓地の奥の方にある。日の当たる細い道を一列になって歩いていく。お彼岸ということもあって、あちこちの墓に人がいるのが見えた。

「今日は人が多いだろうと思って、掃除はお彼岸になる前にだいたいすませておいたよ。いまの季節はまだ草もないし、お墓を清めるくらいで」

幸久さんの声がした。

目の前の空はひらけていて、向こうに町と遠い山が見えた。狭山市駅からここまでは平らな土地が続いていたが、この寺の向こうは坂になってくだっている。入間川《いるまがわ》の河岸段丘《かがんだんきゅう》なのだろう。墓地からは川沿いの広い平野を見渡すことができた。

風間家の墓はふたつならんでいる。ひとつは曽祖父《そうそふ》・風間守章の眠る本家の大きな墓。戦後すぐに亡くなった次男と、長男の幸守《ゆきもり》とその妻もこの墓に埋葬されている。そのとなりに僕の祖父守正《もりまさ》のたてた墓がある。僕の父と母はその墓に葬られている。

「守人くんのお父さんは風間家ではなかったんだけど、みんなで相談してここに埋葬することになったんだよ」

幸久さんが言った。

父と母は遠野の墓には入れられなかった。それは、祖父がふたりを許していなかったからだと思っていたし、遠野家の伯父たちからもそう聞いていた。

「遠野家の墓にはいることができなかったのも、仲違《なかたが》いしたからなのかな」

ゆきくんが幸久さんに訊く。

「守正によれば遠野家とは縁が切れているという話だったしね。突然の事故だったし、まだ若かったから、お墓の話なんてしたこともなかったけど、本人も遠野の墓にははいりたくなかったんじゃないか、っていうことになったんだよ」

幸久さんが答えた。

「それに、ずっと守正のところで働いていて、そこが自分の家だと思ってくれていたみたいだったし、わたしたちも彼はもう風間家の人間だと思っていたから」

幸久さんは目を閉じ、深くうなずいた。

ふたつの墓をみんなで清める。僕は祖父母と両親の眠る墓の手入れをした。黙々と墓石を拭きながら、心のなかで、これまで来なかったことを詫《わ》びる。帰ってきたんだな、という気がした。

この下に父と母がいる。祖父や祖母といっしょに。となりには本家の墓があって、そこには守章から続く一族の人たちが眠っている。

まわりを見渡すと、同じように墓の手入れをしたりお参りをしたりしている人たちの姿があった。あちこちから線香の煙が漂っている。さっき本堂の近くにずらりと同じ名前の墓がならんでいるのを見て、大きな一族の墓なんだな、と思った。

こうして見ると、家と墓は似ている気がする。家にくらべてだいぶ小さくなり、なかにいる人も骨壺《こつつぼ》におさまるほどになっている。それでも一族が集《つど》っていることに変わりはない。人というのは、死んだあとでも家をほしがるものなのかもしれない。

家が話していた白い世界も、墓地のような場所なのだろうか。死後、人は人の形を失って家に溶けこみ、ひとつの形になる。そういうものたちがいくつも集まって、おしゃべりをして楽しく過ごす。

墓を清めたあとは水を入れ、花をさし、供物《くもつ》をして線香をあげた。手を合わせ、また来ます、と心のなかで唱《とな》えた。

墓参りのあと、お寺の人にもあいさつをして、ゆきくんの車で幸久さんの家に向かった。幸久さんの家は寺から車で二十分くらいの場所にあるが、僕が今日来た西武新宿線の狭山市駅より、西武池袋《いけぶくろ》線の入間市《いるまし》駅の方が近いらしい。

途中、桜の咲き誇る広い公園の横を通った。

「きれいねえ」

和美さんが言った。

「ほんとですね」

僕はうなずく。

「稲荷山《いなりやま》公園っていうんだ。元々はアメリカの空軍基地で、返還されて公園になった」

幸弘さんが言った。僕が住んでいた所沢《ところざわ》にも航空公園という大きな公園があった。もとは明治期に作られた飛行場で、戦後は米軍に接収されていたと聞いた覚えがある。

「欧米式の公園なんだ。むかしはハイドパークって呼ばれてたんだって。一九九〇年代まではあちこちに西洋風の廃屋《はいおく》があったんだ。いまはもう取り壊されてしまったけど」

ゆきくんが言った。

「米軍基地のほかの部分は、いまは航空自衛隊の入間基地になってる。所沢の航空公園も飛行場だった土地だし、このあたりは空軍やら飛行機やらと縁のある土地なんだな」

幸弘さんが言った。

米軍や自衛隊。川越の旧市街地とはまったくちがう世界がすぐ近くに広がっている。

桜はもう満開に近い。その下をたくさんの人が楽しそうに歩いている。戦争は遠いむかしのことで、歩いている人たちの多くは戦争のことを知らないだろう。少し時代がちがえば、こんな平和な風景は見られなかった。

世界はしずかで、涙が出そうになるくらいあかるい。花びらがひらひら舞うのを見ていると、なんだかすべてが夢のような気がした。

稲荷山公園からさらに十分ほど走って、幸久さんの家に着いた。

この家のことはなんとなく覚えていた。見覚えのある廊下を歩き、広い畳の部屋に通される。毎年正月に集まっていた場所だ。日あたりのいい部屋で、縁側の外には庭が見えた。むかしは正月に来るたびに、あの庭でゆきくんと遊んだ。

お寿司をつまみながらいろいろ話した。

「お墓は、これからは守人くんもしっかり守っていってほしいんだ。面倒なこともあると思うけど、これも大事なことだから」

幸久さんに言われて、うなずいた。

「お彼岸とお盆にはお参りをして。それから、今年は守人くんのお父さんとお母さんも十七回忌だから、ちゃんと法要をしないと」

「十七回忌……」

少し驚いた。もうそんなに経《た》つのか。三回忌、七回忌、十三回忌と大きな法要があったはずなのに、いままでなにも知らずに生きてきた。

「房子《ふさこ》さんはほんとは来年なんだけど、少し早めていっしょに法要しようか、って話していたんだ。まだ先の話だし、くわしいことはまたお寺さんと相談してだな」

幸久さんが言った。さっきお寺であいさつしたとき、最後に、法要の相談はまた、と言っていたのはそのことだったのだな、と気づいた。

食事が終わって卓の上を片づけたあと、温子さんがお茶を出してくれた。

「そうそう、あれを見せないと」

幸久さんが思いついたように立ちあがった。いったん部屋を出て、古い大きなアルバムを抱えて持ってきた。

「守章じいさんの写真だよ」

そう言って、僕の前にさしだす。写真館で撮った大判の写真もあった。

「これが守章じいさんの結婚式のときの写真」

幸久さんが表紙を開くと、正装した男女ふたりの写真があらわれた。おそらく少し修正もされているのだろう、つるっとした硬いよそゆきの表情だが、顔立ちが僕と似ているのはわかる。

「こっちはむかしの白黒写真だし、ぼんやりしているが……」

アルバムをめくり、いくつかの写真を示した。

「ほら、この写真とか、守人くんそっくりじゃないか」

ゆきくんが言った。上棟式《じょうとうしき》の記念写真なのだろう、長半纏《ながばんてん》姿で写っている。結婚式の写真とちがって表情がやわらかい。

「たしかに似てますね」

思わず声を漏らした。記念写真などで見る僕の顔とよく似ている。背景や服装がなかったら、僕自身だと見まちがえるくらいに。

「そうだろう？　ほかにも何枚かあるんだ。写真をスキャンしてプリントしておいたから、あとで渡すよ」

ゆきくんが笑う。アルバムをめくっていると、見覚えのある家が写っていた。

「たぶん、それが守人くんが子どものころ住んでいた家だと思う」

幸久さんが言った。

「所沢の？」

建てられたばかりのようだが、たしかに玄関の扉や窓の形が記憶と同じだった。

「知り合いに頼まれて建てた家だったみたいでね。建てた当時の写真が何枚か残ってた」

最初に住んでいた人たちなのだろう、知らない人たちといっしょに庭で撮った写真もある。僕たち家族が住む前にも、この家で暮らしていた人たちがいた。そのことは知っていたのに、こうしてそのころの写真を目にすると、なんとも不思議な気持ちになる。

この家はもうない。守章よりは若く見えるが、この人たちも僕の祖父母と同じかそれより年上だろう。生きていたとしてもいまはもう高齢で、亡くなっているかもしれない。

「守章さんは家の気持ちがわかる、とか、家の言葉がわかる、って言っていたんだよね」

ゆきくんが言った。

「それはたとえだろう」

幸弘さんが笑った。

「いや、単にたとえっていうのとはちがう気がする」

即座に幸久さんが首をふった。

「わたしもこの歳まで大工をしてきて、そんな気がすることが何度かあったんだ」

「ほんとですか？」

ゆきくんが幸久さんを見た。

「そういうことが起こるのは、たいてい古い家でね。修繕していると、ときどき家がなにか訴えているような気がするんだ。はっとして板を剝《は》がすと、なかが傷《いた》んでいたりする。家がそのことを教えてくれたみたいに」

「大工の勘みたいなものなんでしょうか」

ゆきくんが訊いた。

「勘っていうより、外から来るものっていうか……」

幸久さんが首をひねる。

「まあ、うまく言えないけどね。わたしだけじゃなくて、左官屋《さかん》からも建具屋からも聞いたことがあるよ。長く人が住んでいた家には、声が染《し》みこんでる、とか、作業に集中していると建物から意思みたいなものを感じる、とか」

「不思議ですねえ。でも、そういうことってあるのかもしれないですね」

和美さんが深くうなずく。

「まさか。それはたぶん長年の蓄積による勘だよ」

幸弘さんが言った。

「頭の中にこれまでの経験の記憶が蓄積していて、なにか異変を感じると知らず識《し》らずそこから該当する事例を呼び出している。熟練の職人は考えるより早く答えに行き着くから、外から来たもののように感じる。そんなところじゃないか」

「お前はむかしから理屈っぽいからなあ」

幸久さんが笑った。

「世の中のできごとは、ちゃんと考えればたいてい理屈で説明できるよ。不思議に見えるのは、きちんと考えていないだけ」

幸弘さんが言い返した。

「さすが工学系の人は考えることがちがうわよね」

和美さんが笑った。

帰りは車で近くまで送ってもらった。

別れ際、ゆきくんが用意していてくれた簡易アルバムを受け取った。

「ぱっと見て目についたものだけだけど、またなにか見つかったら送るよ」

ゆきくんはそう言って笑った。

一番街を歩いて月光荘に戻った。地図資料館ももう閉まっていて、留守を預けていた学生の姿もない。もう六時をすぎていた。

階段をのぼって自分の部屋にはいる。墓参りに、久しぶりの本家の親戚との再会。緊張していた気はしないが、思いのほか疲れていたみたいだ。

「オカエリ」

月光荘の声がした。

「ああ、ただいま」

月光荘の声はやわらかく、やさしかった。

「オハカマイリ」

「そうだよ」

「タノシカッタ？」

「楽しい……というのとはちょっとちがうかな」

「フウン」

月光荘は、それだけ言ってじっと黙った。

久しぶりに親戚に会って墓参りに行く、ということは何度か説明したのだが、親戚はともかく、月光荘が墓参りというものを理解したかどうかは怪しかった。

墓とはなにかと訊かれて、亡くなった人がはいるところだと答えたが、ピンときていないようで、人は土の下にははいらない、と言い張っていた。

だがたしかに、亡くなった人が墓にはいるわけではない。墓の下におさめられているのは骨だけで、魂は別の場所にいるのかもしれない。それが彼岸なのか、冥土《めいど》なのか、白い世界なのかはわからないけれど。

「そうだ、今日は写真をもらってきたんだよ」

「シャシン？」

「そう。風間守章の」

「モリアキ。イエノオイシャサン」

月光荘がうれしそうに言う。

月光荘は守章になおしてもらったことがある。それで守章の名前を覚えていた。だが、守章と縁があるほかの家たちはみな、僕と守章がそっくりだったと言うのに、月光荘は全然似ていないと言っていた。

どうしてだろうとわからずにいたが、どうやら月光荘が守章に直してもらったときには、守章はもうだいぶ歳を取っており、髭《ひげ》もたくわえていて、いまの僕とは似ても似つかない風貌だったかららしい、とわかった。

人は歳を取ると姿形が変わる。月光荘にそう説明した。月光荘も人が歳を取ることはわかったみたいだが、守章が僕に似ていた、という話の方は完全に信用したわけではないようだった。

「この写真を見れば、月光荘にもわかると思うよ。守章が僕に似てるって」

僕はカバンから簡易アルバムを取り出した。守章の写真が若い順にならんでいる。白黒だし、記念写真などはもとのサイズより小さくなっていたが、顔はじゅうぶんわかる。

「ほら、これ見ればわかるだろ、若いころの守章が僕に似てた、って」

アルバムをめくりながら少しずつ歳を取っていくのを見せる。

「ソウダネエ……。ソンナキモ、スルネエ」

さも考えているような口ぶりで、背伸びした子どもみたいだ。ちょっと笑いそうになったが、じっと耐えた。

アルバムをめくり、だんだん歳を取っていく守章の写真を見ながら、僕もこうなるのかな、と思う。こうやって歳を取り、やがてこの世から消える。守章はもうこの世にいない。祖父母も、両親も、遠野の祖父母も、みんなかつてはいたけれど、いまはいない。

アルバムをめくっていくと、最後の方は守章ではなく、僕や両親、祖父母が写った写真がならんでいた。正月や、ゆきくんの家に遊びに行ったとき、幸弘さんが撮ったものらしく、僕は見たことのないものばかりだった。

「コレガ、モリヒト？」

鶴《つる》ケ《が》島《しま》のゆきくんの家。記憶にないが、写真のなかの僕はどれも満面の笑みである。

月光荘の声がして、はっと我にかえった。前に海岸の写真を見ていたので、子どものころの僕の顔を覚えていたのだろう。

「そうだよ。これと、これ。こっちはね、はとこのゆきくん」

「フウン」

月光荘はそう言って、少し黙った。

「タノシソウ」

月光荘の声はなぜかうれしそうだった。なぜ楽しかったのかわからない。わからないけれど、あのころはいつも楽しかった。もうなくなってしまったものだと思っていたけれど、たしかにあの時間があったということはなくならないのだと思い直した。

3

三月最後の土曜日、昭和の暮らし資料館、紙結び、イベントスペース月光荘がオープンを迎えた。ゴールデンウィークの終わりまではスタンプラリーもおこない、三軒をめぐった人にはそれぞれの店のマークをあしらった缶バッジを渡すことになっている。

オープンといってもその日はイベントはないので、月光荘は会場を公開し、スタンプを押すだけ。それで昼間は学生に番を頼んで、僕はあいさつがてら、紙結びと昭和の暮らし資料館を見に行くことにした。

紙結びも昭和の暮らし資料館も、仙波日枝《せんばひえ》神社の裏の住宅地のなかにある。一番街のようにまわりにお店がならんでいるわけではないし、両方とも外観は古い一戸建ての住宅なので、ちょっとわかりにくい。

それで、建物の前に月光荘と三軒同じデザインの小さなスタンド看板を出すことにした。

「ちょうちょう」関係で知り合った金子《かねこ》さんがデザインし、月光荘で木工のワークショップをした内野《うちの》さんが天然木で作ってくれたものだ。

木目のうつくしいケヤキを使い、いちばん上にそれぞれのシンボルマーク、下に施設の名前が彫《ほ》られている。

月光荘のシンボルマークは以前金子さんに作ってもらった丸窓のはいった月光荘の建物の形、紙結びは切り紙を模した形、昭和の暮らし資料館はちゃぶ台を模した形。ちなみにスタンプラリーのスタンプや缶バッジにも同じデザインが使われている。

紙結びの建物は、築七十年を超える古民家。でも、月光荘や昭和の暮らし資料館とはちがって、洋館のようなおもむきだ。白い壁に青い屋根。敷地にはいると鬱蒼《うっそう》とした庭があり、小道を抜けると濃い茶色の扉の玄関に行きあたる。

扉や扉のまわりには洋風の飾りが彫られ、横にある窓は白い木枠にはめられている。決して豪邸というわけではないのだが、ひとつひとつ手作業で作られているのがわかる。

洋館のような雰囲気だが、なかにはいると段差があり、ここで靴を脱ぐことになっている。深い色の板張りの床。玄関の両側に部屋がふたつ。左手は洋間で、暖炉があり、かつては客間として使われていた部屋らしい。

奥にはヨーロッパで仕入れてきたさまざまな紙がはいった棚があり、手前の机にはカードなどがきれいに整理されて置かれている。壁際《かべぎわ》には柄のうつくしい包装紙がかけられ、真ん中の机の上には、万年筆や、インク、シーリングスタンプなどの文具類。

玄関の右手は和室になっている。神部さんによると、洋風の飾りが施されているが、建物自体は日本の在来工法で建てられているのだそうだ。玄関まわりと左側の小部屋だけが洋風に作られていて、昭和期にはこういう建物がけっこうあったと聞いた。

もともとは神部《かんべ》さんの知人の親戚の持ちもので、住人が亡くなったあと、惜しくて壊せず、かといって住む人もない、ということで十年近く空き家だった。それを神部さんが買い取ったらしい。

「空き家になって、庭はだいぶ荒れてましたけど、なかはどこもきちんと手入れされていた。照明器具も風情《ふぜい》のあるものでしたし、ガラスもいまは手にはいらないものなので、そのまま生かしました。床や壁紙は少し張り替えましたけど」

神部さんはそう言って、和室の方に案内してくれた。縁側もあり、庭が一望できる広々とした部屋で、そちらにはアジアの国々で買いつけてきた手漉《てす》きの紙が置かれている。これまで見たこともないような独特の手ざわりのある紙がならび、手作りの紙雑貨も取りそろえられていた。

いまはまだ公開していないが、実は奥にもうひとつ小部屋があり、ゆくゆくは企画展用に使うつもりらしい。国内外の作家の作品を展示販売する、という話だった。

「そうそう、笠原《かさはら》紙店の方介《ほうすけ》さんたちも来てますよ」

神部さんに言われて見ると、縁側に方介さん、美代子《みよこ》さん、笠原先輩が座っていた。

「ああ、遠野さんもいらしたんですね」

方介さんが僕を見た。

「すごい店ですね。見たことのない紙ばかりでびっくりしました」

僕が言うと、方介さんも、ほんとだねえ、とうなずいた。

「こんなにいろいろな紙があるなんてね。この歳になるまで知らなかった。とくにアジアの手漉きの紙はおもしろい。日本の紙とは考え方も作り方もまったくちがう。感心したよ。やっぱり世界は広いっていうか」

「そうだろ？」

笠原先輩が得意げに言った。

「お前じゃない、すごいのは神部さんだよ」

方介さんは笑ってそう言った。

方介さんたちもこれから昭和の暮らし資料館に行くつもりだと聞いて、いっしょに紙結びを出た。資料館の入口の前まで来たとき、「羅針盤《らしんばん》」の安藤さんとばったり出くわした。

「あ、遠野先輩」

見ると、安藤さんの向こうにべんてんちゃんがいる。お母さんの桃子《ももこ》さんもいっしょである。だいぶ大人数になったが、入口でチケットを買い、なかにはいった。

昭和の暮らし資料館は木造二階建て。入口の横に小さな客間があり、その奥に大小二つの座敷。大きな方には縁側と床の間がある。そうして奥に台所。台所の前に階段があり、二階にあがると子ども部屋と主《あるじ》の書斎。

空き家だったときに残されていた家具や家電は、修理されて家に戻ってきた。自由に使えるわけではないけれど、ステレオなどは学芸員がついた状態なら、音を鳴らすこともできるという。電源ははいっていないが、台所には古い冷蔵庫や炊飯器が置かれ、食器棚にはむかしの食器が置かれていた。

「うわあ、これが歴史資料館になっちゃうのか。びっくりだ。わたしが住んでた家と変わらないじゃないか。子どものころはどこもこんな感じだったよ。つい昨日のことみたいなのになあ」

安藤さんが笑った。

「このテレビを見てると、子どものころのことを思い出しますねえ」

桃子さんがブラウン管のテレビを指す。厚みのある四角い木の箱で覆われていて、画面は小さく、真ん中が丸く出っ張っている。

「むかしはビデオもなかったし、録画できないから放送されたときに見るしかなかったんですよね。毎週楽しみにしてたし、映像だっていまみたいにあざやかじゃなかったのに、想像でおぎなっていたのかな。別の世界があの箱のなかで動いてるみたいで」

方介さんが笑う。

「海外の映画も見たし、ニュースも見た。人類が月に降り立ったときは興奮しましたよ」

安藤さんが言った。

「歌謡番組もよく見ましたねえ。はなやかできらびやかで、ああいう世界があるんだって憧れて……。アイドルと同じ髪型にしようとしてがんばったり……」

桃子さんがきらきらした目で言った。

「ええ、お母さんが？　アイドルの髪型？」

べんてんちゃんが目を丸くする。

「わたしだって若いころはやったわよ。だって流行《はや》りだったんだから」

桃子さんが言い返した。

資料館が閉まったあと、笠原先輩とべんてんちゃんと僕は資料館のとなりにあるカフェに行った。今晩、ここで資料館、紙結び、月光荘三軒合同のオープニングパーティーがあり、その準備をすることになっていた。

方介さんたちもみなパーティーの招待客で、それまで時間をつぶすため、安藤さんの羅針盤に行ってコーヒーを飲むと言っていた。べんてんちゃんももう仕事も決まっているし、手伝ってもらうのは気が引けたが、本人がやると言って聞かなかったのだ。

カフェは以前二軒家《にけんや》の片割れがあったところにある。木造の平屋で、資料館に面した側は一面ガラス張りで前に広いテラスがある。まだ簡単な飲みものしか出せないが、軌道にのったら食べものも提供したい、という話だった。

今日は、「新井《あらい》」の美里さんのところに仕出しでオードブルをお願いしている。飲みものも配達され、僕たちは食器を整えたり、音響や椅子の準備をしたり、あわただしく働いた。六時半になり、べんてんちゃんと僕が受付に立つと、招待客が次々にやってきた。

昭和の暮らし資料館の客は、おもに改築にかかわった「町づくりの会」の人たちで、月光荘の招待客でもある。紙結びは、笠原紙店の方介さんたちのほかは紙関係の人や神部さんの知り合いの広告業界の人たちで、知らない人ばかりだった。

月光荘はイベントスペースを定期的に利用する人たちを招いたのでいちばん招待客が多

かった。町づくりの会の人のほか「川越織物研究会」の由香里《ゆかり》さん、「川越歴史研究会」の人たち。朗読ユニット「ちょうちょう」の小穂《さほ》さんと愛菜《まな》さん。小夜さんの彼氏で、三軒のシンボルマークをデザインしてくれた金子さんもいる。

日本茶教室を開く綾乃《あやの》さん、「浮草《うきくさ》」の安西さん、豊島《とよしま》さん。それから、「三日月堂《みかづきどう》」の弓子《ゆみこ》さんと悠生《ゆうき》さん。三日月堂は活版《かっぱん》印刷を専門とする印刷工房で、新井で出しているリーフレットの印刷をお願いしている。

佐々木《ささき》さん、神部さんはそのリーフレットを見て、施設の主旨である「昭和」や「手漉き紙」と相性がいいと、三施設合同で活版印刷の定期刊行物を作りたい、と言った。それでこの前最初の打ち合わせをしたところだったのだ。

ほか、これまで月光荘にかかわってくれた人も招いていた。木谷先生や新井の美里さんと陽菜《ひな》さん、羅針盤の安藤さん、「豆の家《まめや》」の佐久間さんと藤村《ふじむら》さん。これまでいろいろ手伝ってくれた田辺や石野、沢口にも声をかけた。

七時になり、パーティーがはじまった。資料館、紙結び、月光荘それぞれを代表して、佐々木さん、神部さん、島田《しまだ》さんがあいさつし、終わったところで乾杯。新井で作られたオードブルがテーブルの上にならび、みんな思い思いに皿に料理を取った。

テーブルの前で田辺と顔を合わせ、風間家の親戚が見つかったこと、墓参りに行ったことなどを簡単に話した。かなり驚いていたが、よかったじゃないか、と喜んでくれた。

石野や沢口が遠くから田辺を呼んでいる。僕は関係者にあいさつしなければならなかったし、真山さんや木谷先生にも風間家の墓参りの報告をしたかったので、あとでゆっくり話そう、と言っていったん別れた。

真山さんと木谷先生は、島田さんといっしょに奥のテーブルで話している。

「お話し中にすみません」

そっと声をかけると、三人とも顔をあげた。

「ああ、遠野くん、おつかれさま」

島田さんが張りのある声で言う。いつもはセーターやトレーナー姿だが、今日はジャケットを着ている。カジュアルだが洒落《しゃれ》た色で、よく似合っていた。

「まあ、座ったら」

木谷先生がにこにこ笑いながら、自分のとなりの席を指す。

「ありがとうございます。実は、風間家のことで報告がありまして」

立ったままそう答えた。

「風間家？　たしか遠野くんの母方の実家だったよね」

島田さんが言った。

「まあまあ、まずは座って」

木谷先生に言われ、腰をおろした。

「真山さんの伝手《つて》で、風間家の人が見つかったんだよね」

木谷先生に言われ、うなずいた。

「そうなのか？　長いこと連絡が取れずにいたと聞いていたけど……」

島田さんは目を丸くした。

「いや、まったくの偶然だったんですけどね。仕事で知り合った青年が遠野くんのはとこだとわかって……」

真山さんが経緯を説明する。

「川越と霞ケ関《かすみがせき》で近かったのもありますし、同じ建築業界だから、っていうのが大きいんですが」

真山さんが言った。

「それで、どうだった？　風間家の人と会ってみて」

木谷先生が言った。

「はい。先日墓参りにも行きました。狭山にある寺で、風間家の本家の墓と、僕の祖父母の墓がありまして、僕の両親も祖父母の墓に埋葬されていました」

「そうか」

島田さんが深くうなずく。

「実は風間家で、風間守章の写真をもらってきたんです。真山さんにお見せしようと思って持ってきました」

「風間守章の？　ほんとに？」

真山さんが身を乗り出す。僕はカバンからアルバムを出した。

「風間守章っていうのは、遠野くんのひいおじいさんなんですよ。腕の立つ大工で、とくに家の修理に長《た》けていて『家の医者』って呼ばれていたらしくて」

真山さんが島田さんに説明する。

「遠野くんにそっくりだっていう噂の人だよね」

木谷先生のその言葉で島田さんも興味を持ったようだ。アルバムを開くと、三人とものぞきこんだ。

「うわあ、似てる」

結婚式の写真を見るなり、木谷先生が声をあげた。

「ほんとですね。これはそっくりだ」

真山さんも目を丸くした。

「そんなに似てますか？」

「似てるよ。これは。瓜《うり》ふたつってやつだな。ひいおじいさんって言ってたっけ。遺伝っておもしろいなあ。こんなこともあるのか」

島田さんが言った。

「なに見てるんですか？」

新井の美里さんがやってきて、横からアルバムをのぞきこむ。

「古い写真ですねえ。上棟式ですか？」

不思議そうに写真をじっと見る。

「そうです。それで、ここに写ってるこの人が、遠野くんのひいおじいさんなんです」

「あ、遠野さんそっくり……」

美里さんが驚いて口をおさえる。

「でしょう？　僕らもびっくりしてたところなんですよ。似てるって話は聞いてましたけど、ここまでとは思わなかった」

木谷先生が言った。島田さん、木谷先生、真山さん、美里さんがアルバムをめくりながら、食い入るように見ている。まさかここまで興味を持たれるとは思っていなかったので、正直気恥ずかしい。

「ひいおじいさんの写真だけじゃなくて、うしろに写っている上棟式や建物の写真が興味深いですね。これは貴重な資料だなあ」

真山さんがつぶやく。みんなまだアルバムをめくりながらいろいろ話している。ほかの人にもあいさつしたかったこともあり、アルバムを預けてその場を離れることにした。

安西さんにも風間家の人と会ったことを報告し、町づくりの会、川越歴史研究会の人や、由香里さん、豆の家のふたりやちょうちょうのふたりと金子さん、三日月堂の人たちにもあいさつしてまわった。綾乃さんといっしょに悠《ゆう》くんも来ていて、最近学校であった出来事をいろいろ話してくれた。

それから田辺たちを探した。どこに行ったんだろう、と見渡していて、テラスにいる石野のうしろ姿が見えた。石野、沢口、べんてんちゃんの三人がテラス席で話しこんでいる。

僕はテラスに出た。

「大丈夫なの？　ほんとに続けられるの？」

沢口が心配そうな顔で石野に訊いている。

「大丈夫だって。わたしなりに相当考えて決めたことだから。もう失敗しない」

どうやら石野の今後について話しているようで、僕が近づいてもみんな気がつかない。

「ほんとに？」

「ほんとだよ。大学生のときは雰囲気だけで就職先を決めちゃった……っていうか、仕事なんて、どこでもそこそこやっていける、って思ってたんだよね。学校と同じノリで、その場の流れにしたがってればなんとかなるものだって」

石野がため息をつく。

「やっぱり、そういうものじゃ、ないんですね」

べんてんちゃんが訊いた。

「人によるかもしれないけど、わたしはそうじゃないなあ、と思った。一日の大半は仕事に使ってるわけで、仕事で課題をこなして、余暇は自分の好きなことに、なんていうものじゃ、ないんだよね。仕事の成績が悪ければ心がどんどん蝕《むしば》まれていくし」

石野が言った。

「そういえば、べんてんちゃんは四月から小学校の先生なんだよね？　学校、どこなの？」

沢口が訊いた。

「それが、運よく川越の小学校になったんです。わたしが行ってた学校じゃないんですけど、家から歩いていけます」

「うわあ、それは理想的。よかったね」

「学校の先生もいい職業だと思うよ。将来に向かっていける仕事だし、田辺やべんてんちゃんには向いてると思う」

石野が言った。

「そうでしょうか？」

べんてんちゃんが訊きかえす。

「うん。よくわからないけど、人の心をつかむ力があるから。木谷先生や田辺はわたしも教師に向いてるんじゃないかって言ってたけど、向いてないことは自分でよくわかる」

「どうして？　やってみないとわからないじゃない？」

沢口が首をかしげる。

「ううん、わかる。田辺やべんてんちゃんは、人の話を聞くとき、その人のこととして話を聞いてる。わたしはちがうんだ。自分に引き寄せて、自分にアドバイスするようにして、相手に話しちゃう。相手は自分とは別の人間で、感じ方も考え方もちがうのに」

「それはだれでもそうなんじゃない？　だれだって人のことはわからないでしょう？」

沢口が言った。

「そういうふうに感じる沢口も、教師は向いてないと思うよ。人は人、ってあきらめてるとこがあるから」

石野に言われ、沢口がぐっと黙る。

「まあ、それはそうかも……」

少し悔しそうに口ごもっている。

沢口の方が石野にやりこめられるなんてめずらしいな、と思った。

「なんか石野ちゃんから言われるのは抵抗あるけど。でもたしかにそうかも。別の考え方をする相手に、自分の考えを押しつけるわけでもなく、突き放すわけでもなく、寄り添っていられる。田辺やべんてんちゃんはそういうタイプ、ってことだよね」

「そう、それ！」

石野が笑った。

「最初はいろんなことできない自分がいやで、なんでこんななんだろ、ってずっと考えてたんだよね。こんなんじゃなにもできないんじゃないか、とか、生きていけないんじゃないか、とかさ。けど、あるときふっと、なんでもできる必要はないのかな、って思って。あれもできない、これもできない、って思うんじゃなくて、一個でいいからできることを探そうって」

「へえ」

沢口が石野をまじまじと見る。田辺も言っていたが、石野はたしかに成長した。ひとつずつ着実に考えて、自分の道を探している。

「で、調理師になるのはいいけど、どうするの？　カフェとかレストランに勤めるとか？」

沢口が訊いた。

「うーん。それなんだけどね。飲食店に勤めるのも考えたけど、最終的にはお惣菜《そうざい》屋さんになりたいんだ」

「お惣菜屋さん？」

沢口とべんてんちゃんが顔を見合わせた。

「レストランとなればどこかお店にはいるしかないでしょう？　会社みたいな集団作業。カフェを作るとなれば半分は接客だし、雰囲気作りとか、食べもの以外に考えなくちゃいけないことがたくさんある。そういうんじゃないなあ、って思ったんだよね。わたしがしたいのは場所作りじゃないから」

「うちも和菓子屋ですけど、それに似た感じですよね」

べんてんちゃんが言った。

「そうだね。家で食べてもらうためのもの。いまはひとり暮らしの人も多いし、子育て中で自分で料理作るのがたいへんな人とか、高齢者だけの世帯も多いでしょう？　お店で売られてるお惣菜は油っぽかったり、味付けが濃かったりするし、家で作るお惣菜みたいなものがあったらいいんじゃないかな、と思って」

「それはいいね」

思わずうしろから口をはさんだ。

「あ、遠野先輩」

べんてんちゃんが驚いたようにふりかえる。

「いつからいたの？」

石野も目を丸くしている。

「いつから、って……。さっきからずっといたよ。話が切れないから、なかなか話しかけられなかっただけで」

こちら向きに座っている沢口は気づいていたのだろうが、石野とべんてんちゃんはまったく気づいていなかったらしい。

「それはともかく、家で作るみたいなお惣菜、僕も、あったらすごく便利だと思うよ」

「でしょう？」

石野は得意そうな顔になる。

「お店出すからには立地も大切だし、まだまだ考えなくちゃならないことはたくさんあるんだけど。自分の店を作る前に、どっかで働く経験もした方がいいだろうし。先は長いけど、そこに向かってがんばろうと思って」

「石野ちゃん、成長したねえ」

沢口が目を細める。

「バイトも続けてるみたいだし、これなら安心だね」

「なにそれ。あたりまえでしょ？」

石野がぷうっとふくれた。こういうところは前と変わらない。

「でもさ、ここまで考えるのに、ずいぶん田辺に相談したんでしょ？」

沢口が言った。

「まあね。田辺には感謝してるよ」

石野は妙に素直な顔で言った。沢口はなんだかうれしそうに笑っている。

この前の話だと、田辺はまだ石野に自分の気持ちを告げていない。ただ、田辺は沢口には話したと言っていた。つまり、沢口は知っていていまの質問をしたということだ。

そしていまの表情から察するに、石野はまだそのことに気づいていない。沢口の笑みは、それを見てとってのものだろう。沢口は敏《さと》く、石野は察しが悪い。そういうところはあいかわらずだ。

「ところで田辺は？　いっしょじゃなかったの？」

僕は訊いた。

「さっきまでいたんだけど。途中で電話がかかってきて……」

沢口が答えたとき、庭から田辺が帰ってきた。いつになく険しい表情に見えた。

「ごめんごめん。遅くなっちゃったね。ああ、遠野も来たんだ」

田辺はすぐにいつもの顔に戻り、快活な口調で言った。

「うん。招待した人にはみんなあいさつしたから」

「そうか。遠野ももう社会人だな。月光荘を背負って立たないといけないわけだし」

田辺が笑った。

「いや、それはまだ……。島田さんがいなかったら、僕はなにも……」

「そんなことはないんじゃない？　遠野もよくやってると思う。島田さんや神部さんがすごすぎるんだよ。別格って感じ。さっきのスピーチを聞いててそう思った。迫力あるし、タダモノじゃない」

沢口が笑った。

「そうですよね。木谷先生も、わたしたちとも気さくに接してくれるけど、島田さんたちといるところを見ると、やっぱりちがいますよね。大人、っていうか」

べんてんちゃんが言った。

「俺たちだって年齢的には大人なんだけどなあ」

田辺が苦笑いする。

「いやあ、大人じゃないよ。大人っていうのは、もっとこう、ちゃんとなにかを成し遂げてる、っていうかさ。自分の責任でなにかをやってる人のことだよ。まあ、田辺や沢口はもう仕事もちゃんとしてるからあれだけど、わたしなんかまだ入口の前だし」

石野が悔しそうな顔になる。僕もだな、と思う。

「まあ、大器晩成、ってこともあるしね。わたしたちはこれからってことで」

石野はそう言い足して笑った。

ほどなく会が終了し、みなそれぞれに帰っていった。風間の親戚のことをもう少し話したい気がして、田辺を次に誘おうかとも思ったが、今日はちょっと、と言って早々に帰ってしまった。

少しのあいだスタッフだけの慰労会をして、真山さんからアルバムを受け取った。片づけをしたあと、みんなで外に出た。

帰り道、ひとりになってから、スマホに田辺からメッセージが来ていたことに気づいた。なんだろう？　忘れものとか？　メッセージを開き、あっ、と声が出た。

すぐに帰ってしまってすまない。

会の途中で、祖母の具合が悪くなったと祖父から連絡があった。

いますぐどうこうということではないみたいだが、心配なので早く帰ることにした。


喜代さんの具合が……？

動悸《どうき》がした。

メッセージはその一通だけで、くわしいことはわからない。送信時間を見ると、ここを出てすぐに書いたものらしい。「会の途中で」とあるから、中座したときの電話がそれだったのか。おめでたい席だからみんなの前では言わなかったのだろう。

あわてて返事を書いた。メッセージに気づかなかったことを詫び、喜代さんの容態を訊く。田辺からはすぐに返事がきた。家に戻ったときにはすでに往診の先生が来ていて、喜代さんの容態はとりあえず落ち着いていたらしい。ただ、あまり状態はよくないようだった。メッセージには、状況を見てまた連絡する、と書かれていた。

数日後、田辺からメッセージが来た。喜代さんの具合は安定していて、入院などはせず、自宅にいるらしい。ただ、かなり弱ってきており、眠っている時間も多く、医師からはあまり長くない、と言われているようだ。

——遠野に会いたがっているし、忙しいと思うが、一度会いに来てくれたらうれしい。

メッセージの最後にそう書かれていた。

喜代さんがもう長くない……。何度もメッセージを見返し、月光荘が休みの月曜日の夕方、川島町《かわじままち》に行くことにした。

4

川島町には電車の駅がない。川越からだとバスで行くしかないが、本数もなく、喜代さんの家はバス停からも遠かった。それで、田辺に車で迎えにきてもらうことになった。

「すまない。結局迎えにきてもらうことになってしまって」

車に乗りこみ、まず謝る。

「いや、こっちこそオープン直後の忙しいときに申し訳ない。来てくれる、って言ったら、ばあちゃん、すごく喜んでたよ。ありがとう」

田辺は前を見たまま言う。落ち着いた口調で、表情もいつもと変わらない。でもなんとなく、喜代さんはよほど悪いのだな、と感じた。オープン直後で忙しいことは察している。いつもの田辺なら、こういうときに来てくれ、とは言わない。

どんな様子なのか訊きたいが、こちらからその話題を出すのはためらわれた。しばらく沈黙が続く。窓の外に広がる風景をながめながら、どう切り出すか考えていた。

「ばあちゃん、かなり悪いんだ」

川を越えたあたりで、田辺が急にそう言った。

「医者によれば、長くてあと一ヶ月。でも、もういつ亡くなってもおかしくないって」

「そうなのか……」

長くてあと一ヶ月。具体的な数字を出され、頭が真っ白になる。

「一日じゅう眠っている日もあって。今日も、遠野が来るって言ったら喜んでたけど、なかなか目を覚まさないかもしれない。それに、そんなに長く話せないかもしれない」

「大丈夫だよ。自然に目を覚ますのを待つし、ひとことでも話せればそれで……」

僕がそう答えると、田辺は無言でうなずいた。

「もう、半分向こうの世界に行ってしまってるのかなあ、って思うときもあるんだよ。じいちゃんは夜もなにかあったらって心配で、ばあちゃんの部屋で寝てるんだ。けど、よく眠れないみたいで。少しでも寝てほしいから、俺も交代するようにしてる」

「田辺はそれで大丈夫なのか」

「まあ、いまのところはなんとか。母さんと妹も交代で来てくれるって言ってるし」

田辺の両親は離婚しており、田辺は本来お母さんといっしょにふじみ野《の》のマンションに住んでいる。お姉さんと妹もいて、以前はいっしょにふじみ野に住んでいたが、お姉さんの方は少し前に結婚し、いまは離れたところに住んでいると聞いていた。

「母さんも仕事で忙しいんだけど、じいちゃんまで倒れたら困るから」

「そうか。敏治《としはる》さんもきっと疲れてるよね」

「うん。ずっと気持ちが張りつめてるみたいで。ばあちゃんが長くないってことは、前からわかってたことなのにな。やっぱり、あと一ヶ月、って言い渡されるとね」

敏治さんのことでもあるのだろうが、田辺自身の気持ちでもあるのだろう。

一ヶ月。これまでだって、喜代さんは弱っていて、眠っていることも多かった。それでもときにはいっしょにごはんを食べたりできたし、この前は新井の繭玉《まゆだま》作りにも参加できたんだ。でも、もうあと一ヶ月。その先は真っ暗で、なにもない。

「俺たち下の世代はいいんだよ。ばあちゃんもじゅうぶん長く生きた、って思えるから。けど、じいちゃんにとってはこれまで続いてきた自分の人生の一部がなくなるってことだろ？　自分のこれからだって長くない。ほんとうに逃げ場がない、辛《つら》いことだと思う」

先が長くない自分の生に向き合うこと。たったひとりで向き合わなければならないということ。僕にはまだ想像もできないが、重く辛い日々だということはわかる。そしてきっと、僕らにできることはなにもない。

石野や沢口が言っていた通りだ。

——別の考え方をする相手に、自分の考えを押しつけるわけでもなく、突き放すわけでもなく、寄り添っていられる。

田辺は強い。強くてやさしい。

——ほんとに強い人は、やさしい人なんだよ。力ずくで言うことを聞かせようとする人は、単なるお馬鹿さん。

富士塚で聞いた祖母の言葉を思い出す。祖母が言っていたのは、こういうやさしさのことなんじゃないか。

窓の外には田畑が広がり、そのなかの一本道を走っていく。もうすぐだな、と思ったとき、喜代さんの家が見えてきた。


車を降りると、春めいた匂《にお》いがした。土のような、なにかが芽吹くような匂い。川越でも春になるとこういう匂いがすることがあるけれど、ここのそれは一層濃いものだった。

田辺について家にあがる。家のなかはしんとしていて、家の声も聞こえない。敏治さんはたしかに以前よりやつれて、疲れ切った表情である。

今日は来てくれてありがとう、とだけ言って、お湯を沸かしはじめた。

「ばあちゃんは？」

田辺が敏治さんに訊く。

「寝てるよ」

敏治さんはしずかにそう答えた。しゅうしゅうとお湯が沸く音がして、敏治さんはやかんを持ちあげ、湯ざましの器にお湯を注ぐ。湯ざましと急須《きゅうす》と湯呑《ゆの》み、茶筒《ちゃづつ》をお盆に置いて、ゆっくりと食卓に置いた。

「遠野さん、忙しい時期なのに、来てくれてほんとにありがとう」

敏治さんはそう言いながら急須に茶葉を入れ、湯ざましからお湯を注ぐ。

「いえ、僕自身、喜代さんにはお世話になりましたから」

「お世話に？」

敏治さんが不思議そうな顔をした。

「喜代さんと話したことで、それまでずっと気になっていたことが急に解決したと言いますか。心が軽くなったんです」

家の声のことは言えないので、ぼんやりした説明になる。

「そうか。まあ、世の中にはそういうこともあるのかもしれないなあ。親しい人に相談してもなんともならなかったのに、見ず知らずの人のひとことで急に目の前がひらける。そういうこともある気がする」

　敏治さんはそう言って、湯呑みにお茶を淹《い》れ、僕たちの前に置いた。

「でも、この家を建てたのは遠野くんのご先祖さまという話だからね、もしかしたら喜代とは深い縁があったのかもしれない」

　敏治さんが言った。

「あ、そういえば遠野、オープニングパーティーのとき、風間家の親戚が見つかった、って言ってたよな？　あのときは話を聞けなかったけど……」

　田辺があかるい口調で言う。

「親戚が？　つまり、この家を建てた一族のことか？」

　敏治さんの表情もぱっとあかるくなった。

「はい、そうなんです。真山さんが偶然、僕のはとこと知り合って……」

　喜代さん以外の話をすることが気分転換になるのかもしれない、とも思い、これまでの経緯をまとめて話す。

「よかったじゃないか」

　田辺がうれしそうに笑う。

「そうだなあ。これでちゃんとどこかにつながったというか。それは落ち着いただろう」

敏治さんも深くうなずく。

「みんなにも話したのか？」

田辺が訊いてくる。

「木谷先生には話したよ」

「べんてんちゃんや石野たちには？」

「まだ。オープニングのときに話そうと思ってたんだけど、きっかけがつかめなくて」

「すまない、俺がばたばたしてたのもあるね」

あれやこれやでなかなか話せずにいたけれど、べんてんちゃんにもみんなにも、きちんと話さないといけないな、と思った。

「よかったなあ、ほんとに。いいニュースを聞けて、少し気持ちがあかるくなったよ」

敏治さんが言った。

「ありがとうございます。そもそも風間守章のことを真山さんに話したのも、この家の棟《むな》木《ぎ》を見たからで……。ここに来たおかげなんです」

「この家が役に立ったか。住み続けてきてよかった」

敏治さんが笑う。

「守章の建てた家はほかに残っていないみたいで、はとこもいつかこの家を見にきたい、って言ってました」

「そうか……」

敏治さんは天井を見あげ、目を閉じる。

「喜代もその話を聞いたら安心するだろう。目が覚めたら話してやってください」

敏治さんにそう言われ、うなずいた。

そうっと音を立てないように襖《ふすま》をあけ、喜代さんの部屋にはいる。喜代さんはしずかに眠っていた。ふたりで喜代さんの布団の横に座る。喜代さんの身体はまたひとまわり小さくなり、少しずつ家に溶けこんでいっているように見えた。

「ばあちゃん、遠野が来たよ」

田辺が小さく喜代さんに声をかける。だが、目はあかない。

「目、覚ますといいんだけど」

田辺がささやく。

「いいよ、無理に起こさなくても」

「でも……」

「大丈夫。本でも読んで待ってるから。いまは僕が見てるし、敏治さんは休んでもらって。田辺もすることがあるならそのあいだに」

「いいのか」

「いいよ。そのために来たんだ。なにかあったら呼ぶから」

「わかった。ありがとう」

田辺は立ちあがり、部屋を出た。

持ってきた文庫本を開き、文字を追う。こういうときに本に集中するのはむずかしい。軽い本や娯楽性の高い本はかえって読めない。そうわかっていたから、詩集を選んだ。墓参りに行ったあと買った吉野弘の詩集である。

ゆきくんが言っていた「生命は」という詩が気になって買ったのだ。目次を見て「生命は」を探し、ページをぱらぱらとめくる。

　生命は
　自分自身だけでは完結できないように
　つくられているらしい

ゆきくんが言っていた通りの冒頭が見つかった。

花も
めしべとおしべが揃《そろ》っているだけでは
不充分で
虫や風が訪れて
めしべとおしべを仲立ちする
生命は
その中に欠如を抱き
それを他者から満たしてもらうのだ

むかし読んだときはそういうものかなあ、というくらいだったのに、いまはなぜか言葉が心のなかに深く染みこんでくる。
わたしたちはたがいに欠如を満たしあうけれど、そのことには気づかず「無関心でいられる」、「うとましく思うことさえも許されている」。「許されている」という言葉の、そうだとしかいいようのない正確さに舌を巻いた。

花が咲いている
すぐ近くまで
虻《あぶ》の姿をした他者が
光をまとって飛んできている

私も　あるとき
誰かのための虻だったろう

あなたも　あるとき
私のための風だったかもしれない

なんだろう、この言葉のやさしさは。いまこの瞬間、この詩がまさしく僕にとっての風で、なにかを運んできてくれたようだった。

——親しい人に相談してもなんともならなかったのに、見ず知らずの人のひとことで急に目の前がひらける。そういうこともある気がする。

さっきの敏治さんの言葉が頭に浮かぶ。僕たちはみな、ときにだれかにとっての虹であったり、風であったりする。偶然の出会いによって、たがいにそれと気づかずにもたらし、もたらされる、恩恵のようなもの。

喜代さんの顔をじっと見つめた。肌が薄く、命そのものが透けて見えるようだった。ほんとうに蚕《かいこ》の眠《みん》のようだ。

新井のリーフレットを書いているとき、金色姫《こんじきひめ》の伝承と、蚕の眠についてもいろいろ読んだ。金色姫は四度死ぬ。物語の中では、殺されそうになって助けられた、とあるが、あれは四度死んで、四度よみがえったということなのではないか。そうして最後の一回で舟に入れられ、海の彼方《かなた》に流される。それが繭《まゆ》になるということ。

完全な繭になるまで、蚕は二、三日のあいだ糸を吐き続けるのだそうだ。蔟《まぶし》と呼ばれる格子《こうし》のなかにはいった蚕は、糸で足場を作り、繭を作り出す。真っ白い繭で自らを包み、そのなかで蛹《さなぎ》になる。幼虫だったころの白く大きな身体は縮んで硬くなり、からからに乾いた茶色い蛹に変化する。

糸を取るために煮られても死ぬが、羽化《うか》したとしても卵を産めば命は尽きる。なんのために生きるのか。人も蚕も。糸を吐いて繭を作るのは、それまで身体に溜《た》めこんだものをすべて糸にして吐き出すようなものなのかもしれない。

苦しくはないのか。生きる力をふりしぼって繭を作る。その先には死しかないのに。

ふと、視界が白く霞《かす》んでいることに気づいた。いつのまにか部屋のなかに靄《もや》のようなものが立ちこめている。

なんだろう、家のなかなのに。見ると、喜代さんの身体から白い糸が出て、空中にふわふわと漂っている。蜘蛛《くも》の糸のように細い糸だ。

蚕が糸を吐くように、喜代さんも繭を作っているのか。最後の糸を吐いているのか。

もしかしたら、蚕が糸を吐くように、人も心の糸を吐き出しているのかもしれない。それが家になるのかもしれない。そこに住んだ人たちの心が集まって、家を作っていく。

糸が部屋じゅうに広がり、靄のようになる。ところどころがきらりきらりと光り、息をのむほどうつくしい。

「モリヒト」

遠くから声がする。僕の名前を呼んでいる。

「モリヒト」

また声がした。さっきとは別の声。

「モリヒト」

「だれ？　だれかいるの？」

探すために立ちあがろうとするが、身体が動かない。

白い靄の向こうから、影のような人が近づいてきて、僕の前にしゃがむ。

「モリヒト」

影が僕の手を取る。あたたかく、大きな手。覚えのある感触。

「父さん？」

ぼんやりした影が、人の顔になる。父の顔だった。身体の形も見えてくる。大きくて、がっしりした見覚えのある身体つき。

うしろにもだれかいる。女の人。母と、祖母だ。

思わず手をのばす。

「モリヒト、元気でよかった」

母の手が僕の頬をなでる。

「母さん」

手のひらに包まれて、頬がじんわりとあたたかくなる。

目尻《めじり》から涙が流れた。


「遠野さん」

遠くから小さな声がして、目をあけた。

もとの部屋だった。白い靄も、両親や祖母の姿もなにもない。

眠ってしまっていたのか。あれは夢だったのか。

「遠野さん、ありがとう。来てくれて」

見ると、声の主は喜代さんだった。目をあけて、僕の方を見ている。

「喜代さん」

「よかった。遠野さんに会いたいと思ってたの。最後に一度、話しておきたくて」

最後に、という言葉を聞いて、思わず否定したくなる。何度でも会えます、と言いたくなる。でも、それは自分が苦しみから逃れたいだけ。だから言葉をのみこんだ。

「いま、だれか来てたでしょう？　あれは、遠野さんのお父さんとお母さん？」

喜代さんに言われ、うなずく。

「祖母もいました。うしろにはほかにも」

何人か人影があった。祖父かもしれない。

「守章さんもいたでしょう？」

「え？」

驚いて声をあげた。たしかにうしろには何人も人がいた。

あのなかに守章がいた？　どうだっただろう？　ひとりひとりの顔は見えず、たくさんいる、ということくらいしかわからなかった。

「いた。わたし、最近何度か守章さんに会ったの。ここの家とも仲がよくてね。ときどきやってきては、楽しそうにしゃべってる」

喜代さんはうれしそうに笑った。

「実は僕、風間の親戚とめぐりあったんです」

「ほんとに？」

「はい。偶然だったんですが、知人が僕のはとこと知り合って。風間の本家にも行きましたし、墓参りにも。両親の墓にはじめてお参りできました」

「そう。それはよかったわね」

喜代さんが天井を見あげ、息をつく。

「風間守章の写真ももらったんです。ほんとうに僕とそっくりで……」

「じゃあ、その写真、今度見せてもらわないと」

喜代さんは苦しそうに笑った。

「ああ、そうですね、今日持ってくればよかった」

なんで持ってこなかったのか。少し後悔しながらそう答える。

「わたしに家の声が聞こえるようになったのも、ここが守章さんの建てた家だったからかもしれないしねえ」

「そうなんでしょうか」

「きっとそうだと思う。守章さんの声を聴いていると、なんだかなつかしい気がする。小さいころ、眠っているときによく聴いていたような……」

喜代さんは目を閉じた。

「でも、よかった。家とつながったんなら、もう安心ね」

「それはちがいます」

僕は即座に答えた。喜代さんが不思議そうに僕を見る。

「たしかに、あの家の人と再会して、墓参りをして、とても安心しました。でも、あそこにはもう守章はいない。家の声が聞こえる人は、喜代さんだけ。喜代さんと出会って、どんなに安心したか。あのときはじめて、自分の魂が肯定された気がしたんです」

「魂が……」

「ここで喜代さんと出会って、この家とも話して、僕は世界を信じることができました。田辺や、ほかにもたくさん大事な人はいます。でも不安でたまらなかった。自分がこの世界にいてもいいと思えなかった。喜代さんのおかげなんです。喜代さんとの出会いがなかったら、風間の家の人と再会しても、受け入れられなかった」

「そう」

喜代さんが微笑《ほほえ》む。

「じゃあ、わたしもなにかの役割を果たした、ってことなのかな」

役割……？

「この歳まで生きてよかった。遠野さんの役に立ったんだから」

喜代さんが手を動かし、上にのばそうとする。でもあがらない。

僕は喜代さんの手を取った。

「でも、ごめんね。いつまでもいっしょにはいられないから」

喜代さんが僕を見る。瞳のなかに白い靄の世界が見えた。

そんなことは、と言いかけて、言葉をのみこんだ。行かないでほしい、とも思ったが、口にすることはできなかった。

「ああ、でもね、死んだらきっとこの家に溶けこんで、あの世界に行ける。そうしたら、みんなずっといっしょにいるようなものだから」

喜代さんはにっこりと笑った。花の咲くような笑顔だった。

そうして、また眠ってしまった。

5

しばらくして、部屋に田辺がやってきた。喜代さんが目を覚まし、少し話したことを伝えた。

「知ってる。さっき部屋の前まで来たとき、声が聞こえたから」

田辺はそう言った。

「なんとなく、話しかけない方がいい気がして、はいらなかったんだ」

田辺がとなりに腰をおろす。

「じいちゃんには休んでもらって、買い物に行って、夕飯の支度もすませた」

買い物に料理まで？

少し驚いて時計を見ると、この部屋に来てから二時間以上経っている。詩集を読み、喜代さんの顔を見ているうちに白い世界に行った。一瞬でもとに戻ったと思っていたが、意外と長い時間が経っていたようだ。

「ばあちゃん、けっこう話していたみたいだね」

田辺が喜代さんを見る。

「そうだね。いろいろ話した。僕の方も、風間家の人たちと再会したことや、墓参りに行ったことも話せたし。喜代さんも喜んでくれた」

「そうか」

田辺はゆっくりうなずく。

「今日はうちで夕飯、食べていくか？」

「大丈夫なの？」

「って言っても、たいしたものはないけどね。祖父もそうしてくれたら喜ぶと思うから」

さっきの敏治さんの笑顔を思い出し、それなら、とうなずいた。

それから三人で夕食をとった。

煮魚と、野菜の煮物と、味噌汁《みそしる》とごはん。だが、家で作ったものを食べるのは久しぶりらしく、敏治さんはしきりと、おいしいねえ、と言っている。

「最近はずうっとこの家にいて、喜代のことばかり考えていたから。外の世界があるのかもあやしくなっていたからね。今日は遠野さんが来てくれて助かりました。休めたし、気分転換にもなった」

敏治さんにそう言われ、少しは役に立ったのかな、とほっとした。

帰りは田辺に車で送ってもらった。窓から外の暗い景色をながめていると、しきりと喜代さんの言葉が思い出された。

「遠野、大丈夫か」

僕がなにも話さないからか、運転している田辺が心配そうに訊いてくる。

「ああ、ごめん。喜代さんと話したことを思い出して……。僕より親族の田辺の方がよほど辛いのに」

「いや、遠野とばあちゃんのあいだには、なにかふつうの人とちがうつながりがあるように思えるから」

田辺はそこまで言って、少し黙った。

「ほかの人には見えない世界をふたりだけで共有してるみたいな感じ」

その言葉に、ぐっと黙る。やはり田辺は鋭い。人のことをきちんと見ている。

「変なこと言っちゃったね、ごめん」

田辺が笑った。

「いや、いいんだ。言いたいことはわかるよ。僕もそういうところがあったんだ。喜代さんと会って、はじめてほっとした、みたいな」

「そうか。なんでだろうなあ。そういえば、ふたりが会う前から、遠野とばあちゃんが似てると思っていた気がする」

田辺が笑った。

そうだった。はじめて川島町の家に来る前に、田辺はそんなことを言っていた。

――最近はしょっちゅう眠るようになっちゃって。起きてもしばらくぼんやりして、要領を得ないことを口にする。

――部屋でひとりきりなのに、だれかと話してるみたいに笑ったりして。だれかと話してたの、って訊くと、そう、って。

――それで、だれと、って訊いたら、家、って言うんだよ。

――最近じゃあ、自分も死んだら家のなかのひとつになる、とかなんとか……。なんだかわからないだろ？

その話を聞いて、胸がふるえた。もしかしたら自分と同じかもしれない、と思った。あのときはまだ、家の声が聞こえる人に会ったこともなかったし、守章のことも知らなかった。家の声は幻聴か妄想かもしれない、という疑いを断ち切ることができなかった。

そのとき、田辺は喜代さんと僕が似ている、と言った。

――祖母と似てると思ったのはそういうところ。遠野もむかしから不思議なところがあった。古い建物に行くと、ときどき視線がさまよったり、耳をふさいだり。

「あれ、一年前なんだよなあ。なんだかずいぶんむかしのことのようだけど」

「そうだね」

たった一年前。でも、僕の人生は大きく変わった。

「あのさあ、遠野」

田辺はそう言って、大きく息をついた。

「俺、ばあちゃんに……」

そこまで言って、口ごもる。

「どうした？」

「迷ってるんだ。石野のこと、話そうかな、って」

田辺が言った。

「石野のことを？」

思いがけない話に、驚いた。

「いや、別にまだ石野にはなにも言ってない。うまくいくかもわからない。でも、話したら、ばあちゃんも安心するかもしれない、と思って」

「そうだね」

「いま話さないと、知らないままになってしまうから。けど、石野には言わないつもりだ。

ばあちゃんの話を出したら圧力をかけてるみたいだろ？　だから、ばあちゃんにも、まだ気持ちは伝えてない、って正直に言う。それでも……」

田辺はそこで言い淀んだ。

「そうだね、いいと思うよ」

僕は即座に答えた。

「たぶん、喜ぶよ。まだ先に続くと思えれば、きっと」

先に続く。自分でそう言ってから、そういうことなんだ、と思った。

さっき喜代さんの部屋で、蚕のことを思った。煮られても死ぬが、羽化しても卵を産めば命は尽きる。人も蚕も、生きていく先には死しかない。それでも力をふりしぼって生きている。

次に行くために。子どもを産み育てることも、世界を維持するために力を尽くすことも。みんな自分がいなくなった、その先の世界のため。それはうつくしいものではなく、生きものとしての欲なのだろう。

自分のためですらない、みんな命のために生きている。生かされている。

そういう悲しいものなのだ、命というのは。

それでも、先があると思えば光になる。

「そうかな」

田辺が言った。運転するために前を見ているが、目尻から涙がこぼれているのがわかる。

「そうだよ」

「じゃあ、言ってみる」

そう言うと、田辺が少し笑った。

「あのさ、田辺」

少し黙ってから、思い切って口を開く。言ってからすぐ、さっき田辺からも同じように話しかけられたな、と思い出した。

「もちろん、信じなくていいんだ。けど、どうしても言っておきたいことがあって」

そこまで言って、呼吸を整える。田辺はじっと黙っている。

「僕は、家の声が聞こえるんだ」

「家の声が……？」

「そして、喜代さんも同じように、家の声が聞こえる」

「ばあちゃんも……」

田辺はそう言ったきり、なにも言わない。

「喜代さんに出会うまでは、僕のように家の声が聞こえる人はひとりもいなかった。だから、幻聴かもしれない、と思っていた。言っても信じてもらえないだろうから、人に相談することもできなかった。それが、喜代さんと会って、喜代さんにも家の声が聞こえるとわかった。はじめてあの家に行ったとき、ふたりであの家と話した」

「そう……なのか……」

田辺はつぶやくように言った。

「あの、ふたりで部屋で話していたときか。あのとき……」

「そう。あのときわかったんだ。そして、風間守章も家の声が聞こえる人だった、ってわかった。喜代さんが守章の名前を知っていたのは、家から聞いたからだったんだ」

「そんなことが……」

田辺は信じられない、という口調ではあるが、信じられないとは言わなかった。

「親戚からも言われていたことだけどね、僕は風間守章によく似ているらしいんだ。あの家は、最初に僕が来たとき、守章が来たと思ったみたいなんだよね。それで、名前を呼んだ。喜代さんはそれを聞いていたんだ」

僕の言葉を田辺はただじっと聞いている。

「こんな話、信じるのは無理だと思う。だからずっと話さなかった。話したら、友だちでいられなくなる気がして」

「友だちでいられなくなる？」

「友だちでいるためには、その話を信じるしかないだろう？　でも、聞こえない人にそれはむずかしい。相手を少し疑いながらつきあい続けるのは苦しいことだ」

「そうかもしれないな。でも、じゃあ、なんで話した？」

田辺に言われ、一瞬答えに迷った。

「それもいいような気がしたから」

思い切ってそう言って、大きく息をした。

「田辺が信じなくても、友だちでいられると思った」

「そうか」

田辺がうなずく。

「俺にはそんな声は聞こえないけど、嘘《うそ》だと言う気もないよ。ばあちゃんにも聞こえるんだろう？　遠野を疑うなら、ばあちゃんを疑うことになる。ばあちゃんは嘘をつかない。それに、ばあちゃんは前からそう言っていたんだ。家と話してた、って。俺がそれをちゃんと信じてなかっただけ」

田辺が悔しそうな表情になる。

「信じてる、って言うよ。ばあちゃんにも。聞こえないけど、信じられる」

「無理はしなくていいんだよ」

「無理じゃない。無理じゃないんだ。自分に見えなくても、聞こえなくても、存在するものはあるだろう」

田辺は強い口調で言い切った。

「そうか」

僕はうなずいた。田辺がどうして信じる気になったのかはわからない。でも、こうして認めてくれたのは、聞こえる人と出会うのと同じくらいうれしかった。

川越の町が近づいてくる。

新井のイベントのとき、喜代さんにも月光荘に寄ってもらえばよかった。そうしたら、月光荘も喜代さんと話せた。もちろん喜代さんの身体のことを考えたら、そんなことはとても無理だったのだけれども。

「そうだ、月光荘に着いたら、ちょっとだけ待っててくれるかな？　喜代さんに見せたいものがあって」

「いいけど……。なに？」

「アルバム。風間守章が写った古い写真がはいってる。風間の家でもらったんだ。喜代さんに見せるって約束したから」

ほんとうなら、僕が次に行くときに持っていけばいい。でも、早く見せないと間に合わなくなるかもしれない。

「借りちゃっていいのか？」

「うん。僕はもう見たし、返すのはゆっくりでいい。田辺もきっとびっくりするよ、僕とそっくりだから。僕自身そう思ったんだから、まちがいない」

僕は少し笑って言った。

「そんなに似てるのか。たしかにちょっと興味あるな。じいちゃんも見たがるだろう」

田辺も笑った。

月光荘に着くと、アルバムを持って田辺の車に戻った。うしろの方に僕の家族の写真もはいっているが、選んで抜き出していると時間がかかりそうで、そのまま渡す。

「ありがとう。じゃあ、ばあちゃんに見せるよ」

田辺はそう言って車を出した。

6

車を見送ってから、月光荘にはいる。薄暗い階段をのぼり、二階に電気をつけた。

「オカエリ」

月光荘の声がした。

「ただいま」

そう答えて、畳に腰をおろす。もうだいぶあたたかくなってきて、こたつは布団を取って座卓として使っていた。

「ドコイッテタ？」

「うん。田辺のおばあさんちにね」

「タナベ」

「前に泊まっただろう？　僕の友だちだよ。田辺のおばあさんは喜代さんと言って、僕と同じように、家の声が聞こえるんだよ」

「キコエル？　ボクノコエモ？」

月光荘が驚いたように訊いてくる。月光荘も守章以降、僕と会うまではそういう人と会ったことがなかったのだろう。

「たぶんね」

「アイタイ」

月光荘は即座にそう言った。

「うん。僕も会わせたかった。でも、ちょっと無理かもしれない。喜代さんは、もうお歳なんだ。いまは身体が弱っていて、ここまでは来られそうにない」

「ソウカ……」

月光荘がちょっと残念そうに言った。

「それにね、喜代さんはもう……。もう長くないんだ」

「ナガク、ナイ?」

「近いうちに、亡くなるだろう、っていうこと」

切れ切れに言った。

「ナクナル? シヌコト?」

「そうだよ」

ゆっくりと答える。人が歳を取ること、いつか死ぬこと。もしかしたら月光荘にはそういうことすべてがよくわからないのかもしれない、と思いながら。

「ヒロイバショニ、イクンダ」

月光荘の言葉にはっとした。

喜代さんが言っていた。自分も死んだら家のなかのひとつになる、と。それに敏治さんの話では、戦争でお兄さんたちが亡くなったときも、兄さんたちはこの家にちゃんと帰ってきてるよ、と言って母親をなぐさめていた、と。

「広い場所って、白い世界のこと？」

「ソウ。ミンナデ、ウタッタリ、オドッタリ、オシャベリシタリ……」

みんなで歌ったり、踊ったり……。喜代さんもそんなことを言っていたっけ。夢のなかで白い世界に行って、みんなで歌ったり、踊ったりする、って。そこで会うのはいつも同じ人たちだって。もしかしたら、それが喜代さんの先祖なのかも……。

でも、そうだとしてももう身体はない。田辺や敏治さんにその声は聞こえない。

「タノシイトコロ」

楽しいところ。月光荘の言葉を聞いて、うわっと涙が出た。

「カナシクナイ。タノシイトコロ。ミンナイル、ドコニモイカナイ」

月光荘の心配そうな声が聞こえる。だが、涙はなかなか止まらなかった。

寒さで目が覚めた。泣いているうちに眠ってしまったらしい。時計を見ると、もう深夜をすぎていた。雨戸も閉めていなかったと気づき、窓の方に近づいた。ガラス越しに見おろすと、町が白い靄に覆われている。

「遠野さん」

遠くから声がして、あたりを見まわす。靄のなかに人影が見えた。小さく、白い人がこちらに向かって手を振っている。

「喜代さん」

ふいに、それが喜代さんだと気づく。やさしく、やわらかい笑顔。でも、おかしい。喜代さんはもう立てないはず。それがひとりで道に立って、こちらに手を振っているのだ。僕の声が届いたのか、にっこり笑ってうなずくと、くるっとうしろを向いて歩きだした。

喜代さん、元気になったのか。なんだ、よかった。もう長くない、っていう話だったけど、医者のまちがいだったんだな。

外はいつのまにか少しあかるく、夕焼けのような色になっている。喜代さんは日を浴びながら歩いている。でも、不思議なことに、全然遠ざかっていかない。代わりに少しずつ背筋が伸び、髪も黒くなっていっている。

若返ってる……？

黒い瞳にふっくらした頰。おかっぱの髪。足取りは軽く、スキップしたり、くるくる回ったりして、楽しそうだ。

あれは、喜代さんなのか？　娘時代の喜代さん？

そう思った瞬間、我にかえった。靄はなく、あたりは闇《やみ》だ。

まぼろしだったのか。

部屋のあかりをつけ、雨戸を閉める。座卓の前に腰をおろすと、小さな女の子の姿が頭に浮かんだ。さっきの喜代さんとはちがう、もっと幼い女の子だ。指先には蜘蛛の糸のように細く、光る糸がからんでいる。その糸を指でたぐっている。

オカイコサマは見てる。わたしたちの暮らしを。桑といっしょにそれを食べて、身体にどんどん溜めていく。

オカイコサマの心は、ずっと遠くまでつながっている。ひとりのオカイコサマから別のオカイコサマへ、だれかの人生の物語が撚《よ》り合わさって、いつかひとりのオカイコサマがそれを吐いて繭にする。

物語の糸は光っている。わたしにはそれが見える。

わたしはそれを、読むことができる。

そんな言葉が頭のなかに流れだし、思わず近くにあった紙とペンを手に取った。文章がするすると浮かんで、紙の上にのびていく。

光る蚕の糸にはだれかの人生の物語が刻まれていて、娘はそれを読むことができる。そんな話だ。蚕の吐く糸は、一本につながっている。一本の糸にひとりの人生。その人が死んだあと、あの世から蚕の身体を通ってこの世にあらわれる。娘はその物語を読むことができる。

だが娘は、口をきくことができない。生まれつき声が出ないのだ。読み書きもできない。だが、糸の物語を読むことはできて、読んだ物語を忘れることはできない。

どの人の人生にも、すばらしい日々がある。だが、それがずっと続くということはない。みな生きていくうちになにかを失い、だれかを憎んだり、恨んだりする。自分の心が汚れていくのを悲しみ、どうすることもできずにやがて死んでいく。

人の心は重い。娘のなかにはそうした重い心がどんどん溜まって、身体がどんどん重くなる。少し動くだけでも疲れて、たくさん眠らなければならなくなる。蚕の眠《みん》のように。娘は家族からも厄介者扱いされ、疎《うと》まれ、ただ蚕の世話だけをさせられている。

だが、追い出されはしない。娘が世話をしているときは、繭《まゆ》がたくさん収穫できるからだ。蚕はしずかな環境を好む。人の出入りが激しかったり、言い争ったりすると質が落ちる。決して声を出さない娘は、蚕に仕える巫女《みこ》のように思われている。

歳を取った娘は、その日、光る糸を吐く蚕を見つける。糸を読むうちに、それが自分と同じ、糸の物語を読める娘の人生だと悟る。むかしからその家には、ときどきそういう娘があらわれる。口をきけず、だが糸の物語を読める娘が。

そのことを知って、娘は生まれてはじめて涙を流す。流れ落ちる涙は、途中から糸になる。これまで娘が身体に溜めてきた、だれかの人生の物語だとわかる。物語が糸になって身体からあふれだし、すべてが外に流れだしたとき、娘は死ぬ。

糸はだれにも見えない。ただ宙に溶けていく。光る糸が宙に満ちる。

なんとうつくしいのだろう、と思ったとき、目が覚めた。


もう外はあかるかった。座卓に突《つ》っ伏《ぷ》したまま眠っていたらしい。眠りながら涙を流したようで、卓の上が濡《ぬ》れていた。

物語を書きながら眠ってしまったのだ。いや、物語を書いたこと自体が夢だったのかもしれない。そんなふうにも思ったけれど、卓の上には僕がペンで走り書きした紙が残っていた。あまりきれいな字とは言えないが、どうやら僕が書いた物語のようである。

蚕の糸を読む娘の物語。レポート用紙に五枚ほどあり、文字がぎっしり詰まっている。一晩でこれだけ書いたのか、と信じられない気持ちになる。作業用の机の上にはパソコンがあるのに、なぜ座卓で手書きしたのか。それもよくわからない。

文字もまた線でできている、と思う。切れ切れではあるが、糸のように。むかし筆で文字を書いていたときは、筆の先から糸がのびていくような感じだったのだろう。

パソコンだとキーボードを打つ形になって気づかないけれど、元来書くことは心から糸をのばすようなものだったのかもしれない。

手書きの文字のうえに、窓からの日差しが落ちている。

物語の娘は喜代さんではないのだろうけど、僕が考えたものとは思えなかった。かつてほんとうにいて、その物語がたまたまここに流れ着き、僕の手を通ってこの世にあらわれた。そんな感じだった。

細く光る蚕の糸。それを手繰《たぐ》る娘の小さな手。最後に娘の目からこぼれ落ち、空中に糸が広がっていく。どれもほんとうにそこにあったものみたいだ。

書いてしまったこの物語、どうしようか。紙に目を戻し、そう思った。使えるとも思えないが、捨ててしまう気にはなれなかった。僕自身が書いたものというより、どこからかやってきたもののように思えた。

とりあえず、パソコンに入力しておこうか。そう思って立ちあがったとき、スマホにメッセージの着信があった。

田辺だった。朝早く喜代さんが亡くなった、と書かれていた。

7

田辺からあとでお通夜と告別式の日程が送られてきた。僕は両方に顔を出すつもりですぐに返事を書いた。それから、去年の五月、喜代さんの家にいっしょに行った石野、沢口、べんてんちゃんにもいちおう知らせておくことにした。

一度きりのことではあるが、喜代さんと会話もしているし、なにより田辺のことを考えて、石野には伝えておきたいと思ったのだ。

べんてんちゃんと沢口は、仕事で参列はできないが、弔電を打つという返事がきた。石野は、お通夜には行けないが、告別式には顔を出す、と言う。石野にとっても、あのとき喜代さんと話したことが印象深かったらしく、ショックを受けているようだった。

——喜代さん、なんだか妖精みたいだった。

帰り際、田辺の車に乗る前に、石野はそんなことを言っていた。

——わたしたち、知らないことがいっぱいあるんだね。

——喜代さんの話、最初はのどかなむかし話みたいに感じてたけど、ほんとはそっちの方がずっとたいへんだったんだなあ、って。

あの日は陽菜さんの農園で収穫を体験したあと、喜代さんの家に行った。そこで養蚕《ようさん》の話を聞いた。虫が嫌いな石野は、農園での作業も最初はおっかなびっくりだったけど、終わってみると感じるところがあったようだ。

喜代さんの蚕の話も。虫が嫌い、というのは、石野が「生きる」ことに対して鋭敏な感性を持っているからなのかもしれない。だからこそ、農作業にも喜代さんの話にもだれよりも強く反応したのだろう。

もしかしたら、石野も田辺に対してなにかの思いを抱いているんじゃないか。そうだったらいいな、と思う。そうしたら、田辺も次に行ける。

告別式の日は川越駅で待ち合わせ、いっしょにタクシーで向かうことにした。

翌日の夜、月光荘の仕事が終わったあと、喜代さんのお通夜に行った。親戚と近隣の人だけの小さな式ということで、自宅でおこなうことになったらしい。

途中、広い河原《かわら》にかかった長い橋を渡りながら、最初に田辺の車で川島町を訪れたときのことを思い出した。

——川が三本あるからね。最初が入間《いるま》川《がわ》、それから小畔《こあぜ》川《がわ》、最後が越辺《おっぺ》川《がわ》。

最初に川島町を訪れてから、まだ一年しか経っていない。喜代さんと会ったのも、たった数回。話した時間なんて、全部合わせても一日に満たないだろう。だが、喜代さんは自分にとって大きな存在だった。

喜代さんが亡くなる前の晩に見たあのまぼろし。若返っていくうしろ姿。あれは、喜代さんが会いにきてくれたんだろうか。喜代さんに訊きたいが、もうかなわない。

もうかなわない、ということが、まだ信じられずにいる。あの家に行けば、眠っている喜代さんがいて、答えてくれるような気がする。

広い田畑のなかの道を抜け、喜代さんの家が見えてきた。お通夜の参列者なのだろう。地味な色の服を着た人たちが何人か、家にはいっていくのが見えた。

玄関前に置かれた机で記帳していると、ちょうど家から田辺が出てきた。受付にいたお母さんと妹さんに紹介され、ひとことふたこと言葉を交わした。

お母さんと妹さんに会うのははじめてだった。お母さんも妹さんも背が高く、意志の強そうな角張った顔立ち。田辺となんとなく似ている。

お香典を渡し、家にはいる。座敷にはすでにたくさんの人が座っていた。敏治さんは棺《ひつぎ》のそばでじっとうつむいている。そのまわりにいる黒い服を着た人たちが親族なのだろう。ほかはほとんどが近所の人のようで、高齢の人が多く、知らない顔ばかりだった。

時間になり、僧侶による読経《どきよう》がはじまる。低い声が室内に響き、遠いところに連れていかれるような気持ちになる。やがて親族から順番に焼香がはじまり、僕の番になる。遺族に礼をし、焼香をおこなった。

読経が終わって僧侶が退席してから、敏治さんが前に立った。憔悴《しようすい》した顔ではあったが、一礼し、話しだす。喜代はよく生きてくれた、じゅうぶん生きた、と語ったあと、棺の扉を開けて、みなさんぜひ最後に顔を見て、お別れしてやってください、と言った。

顔を見るのは辛かった。亡くなったことを認めなければならないから。しかし、喜代さんの姿を見るのはこれが最後なのだ。棺の近くに向かい、そっとなかを見た。

喜代さんが眠っていた。安らかできれいな顔だったけれど、生きていたときとはなにかがちがった。大切なものが抜けてしまったようで、思わず目を閉じ、その場を離れた。

弔問客はもうひとつの座敷で通夜振る舞いを受けている。知り合いがいない僕はいりにくく、廊下に立っていると田辺がやってきた。

「ありがとう、来てくれて」

田辺が言った。

「たいへんだったね」

なんと言ったらいいのかわからず、ようやくそう口にした。

「こんなに早いとは思わなかった」

田辺はそう言ってうなだれた。

「石野のこと、話せたのか？」

「うん。話した。あの日、遠野を送って帰ってきたら、ばあちゃんが目を覚ましててさ」

田辺はゆっくり答える。

「そうなのか」

「気分がいい、って言ってたんだ。それで、遠野に借りたアルバムを見せた。ばあちゃん、なんだかすごくうれしそうで。ほんとにそっくりね、って笑ってた」

守章の写真、見てくれたのか。

「それで、じいちゃんが席を外したときに、石野のことを話したんだ。俺が説明しないうちに、ばあちゃん、相手がだれか言いあてたんだよ。あのときうちに来たなかの、って言っただけで、あの色が白くて小柄な人でしょう、って」

田辺が微笑む。

「おかしいよなあ、あのときはまだ、石野とつきあうなんて、思ってもいなかったのに」

そう言うと、目を閉じ、うつむいた。

「よかったよ。話せたなら。喜代さん、なんて言ってた？」

「うまくいくといいわねえ、って。うれしそうだったよ。言ってよかった、と思った」

田辺は大きく息をつく。

「それと、あのことも話した。遠野から聞いた話。家の声が聞こえるっていう……」

田辺にそう言われ、少し驚いた。たしかにあの夜、ばあちゃんにも信じてるって言うよ、と田辺は言った。でもそんなにすぐに話すとは思っていなかった。

「ばあちゃんも、孤独だったと思うから。遠野と同じようにね。俺が信じているとわかれば、気持ちが楽になるかも、と思って」

田辺の言葉に胸を突かれた。

俺が信じているとわかれば、気持ちが楽になる……。

そんな考え方は思いつかなかった。

「喜代さん、なんか言ってた？」

「喜んでた、と思う。ほっとした、って言ってた。それと、それはほんとうのことだから、遠野のことを信じてやってくれ、って」

はっと息をのむ。

「泣きながら笑ってた。すごく気分がよさそうだったんだ。それでなぜかじいちゃんも俺もぐっすり眠ってしまって。朝、部屋を見にいったら、眠るように亡くなってた」

田辺が息をつく。なにも答えられず、沈黙が続いた。

「ばあちゃんの部屋、見てくか？」

しばらくして、田辺が言った。

「いいのか？」

「いいよ。通夜振る舞いの席にいても、知らない人ばかりで落ち着かないだろうし」

田辺はそう言って廊下を進み、喜代さんの部屋の襖を開けた。

なつかしい匂いがした。布団のなかにもう喜代さんの身体はない。けれども、部屋じゅうに喜代さんの気配が漂っていた。

「ゆっくりしていってくれ。帰るときに声をかけてくれれば」

それだけ言って、田辺は部屋を出ていった。

息をつき、畳の上に腰をおろす。

喜代さんがいない。

まだそのことが信じられなかった。

「モリヒト」

声がした。家の声だった。以前は何度もまちがえてモリアキと呼ばれたが、ようやく僕の名前を覚えてくれたらしい。

「ありがとう。名前、覚えてくれたんだね」

そう答えたが、家は黙っている。この家は、守章のことを慕っていたらしい。前に話したとき、守章と会いたがっていた。

「僕もモリアキの顔、わかりましたよ。写真を見たんです。たしかに似てる」

「シャシン、シッテル。キヨト、ミタ」

「そうでしたか」

田辺は喜代さんに写真を見せたと言っていた。きっとそのときいっしょに見たのだろう。

それが喜代さんの最後の晩だった。

「喜代さん、亡くなってしまったんですね」

僕は言った。家はなにも答えない。

「なんだか、まだ信じられない」

そう言ったとたん、涙が出た。

「ナカナクテイイ」

家が言った。

「キヨハ、イナクナッタワケジャナイ」

「でも、もう会えない」

「ダレモ、イナクナラナイ」

「でも……。もう会えない。父や母や、祖父母と同じように。守章だって亡くなった。そうしたら、もう会えない。そうでしょう？」

「ダイジョウブ。キヨハ、ココニイル。ズット、イル」

家はそう言って、黙った。ざあざあと波のような音がした。

――いまでもときどき蚕たちが桑《くわ》の葉を食べる音が聞こえてくるときがある。ざざざざーっていう、雨みたいな波みたいな音。

喜代さんはそう言っていた。

これがそうなのか。これが蚕の音なのか。

あのときは聞こえなかったけれど、いまは聞こえる。

――あっちの世界では、わたしも自由に歩けるの。どこも痛くないし、身体もふわふわ軽くて。ああ、いいなあ、身体を捨ててここにずっといたら楽だろうなあ、って。

――わたしたちも蚕も、暗いところからやってきて、少しのあいだあかるい場所にとどまって、また暗いところに帰る。あかるいところにいるときだけ、身体という形を持つの。でも、ただそれだけなのよ。

新井に泊まった次の朝、喜代さんが話していたあれこれが頭のなかに浮かんでくる。喜代さん、いまは痛くなくなったんだろうか。辛くなくなったんだろうか。

あかるいところにいるときだけ、身体という形を持つ。

——あかるいか暗いかだけ。きっと同じことなんだと思う。

喜代さんのこぼした言葉が蚕の糸のようにきらめく。忘れたくない、とつぶやいた。


喜代さんの部屋を出て、通夜振る舞いの部屋をのぞく。近隣の人たちはそれぞれに帰っていったのだろう。人の数はだいぶ減っていた。

田辺が僕に気づき、立ちあがる。敏治さんもいっしょにこっちに歩いてきた。

「遠野さん、今日はありがとうございました」

敏治さんが頭をさげた。

「最後に遠野さんと会えたこと、喜代はとても喜んでました。遠野さんとはどこか心が通じるところがあったようで……」

そこまで言って、うつむいた。

「喜代さん、前に新井で会ったときに言ってました。辛いこともあったけど、きれいなものも見たし、おいしいものも食べた。楽しいこともたくさんあった。家族もできて、みんなと会えた。しあわせだった、って」

敏治さんが顔をあげ、僕をじっと見る。目がうるんでいるのがわかった。

「ありがとうございます、ほんとに」

敏治さんが僕の手を取った。ごつごつしたあたたかい手だった。

「なかで少しつまんでいってください」

「いえ、僕は……」

「いや、帰るにしても車を呼ばないといけないし。母や妹も話したがっていたから、少し休んでいってくれ」

田辺に言われ、部屋にはいった。

それからしばらく、用意された寿司をつまみ、お茶をいただいたりした。田辺のお母さんや妹とも話した。ふたりとも気さくで、田辺と似た雰囲気がある。鷹揚《おうよう》なのは田辺自身の性格だと思っていたが、お母さんの影響が大きいのかもしれない。

「そうそう、お借りしていたアルバムもお返ししないと」

敏治さんが席を立ち、いったん部屋を出る。ややあって、守章の写真のはいったアルバムを持って戻ってきた。

「これは？」

田辺のお母さんが田辺に訊く。

「ああ、これはね、遠野の……」

田辺が守章のことを説明する。僕の曽祖父であり、この家を建てた大工であること。家の修理が得意で、家の医者と呼ばれていたこと。僕とそっくりだということ。

「ばあちゃんがその話を聞いて興味を持ってね。遠野のところにあったこの写真を貸してもらったんだ」

「へえ」

田辺のお母さんと妹もアルバムをのぞき、守章を見て、ほんとに似てる、と驚いていた。

「そういえば、この前、うちでも古いアルバムが見つかってね。そこにこの家が建ったころの写真がはいってたんだっけ。喜代の娘時代の写真もあって、みんなに見せようと思って、この部屋に出しておいたんだ」

敏治さんが立ちあがり、部屋の隅の物入れの戸をあける。なかから古いアルバムを出し、持ってきた。

「おばあちゃんの若いころ？　はじめて見る」

「俺もだよ」

田辺の妹と田辺が言った。

「そうだった？　わたしはむかし見たことがあるけど。若いころのお母さん、かわいかったのよねえ」

田辺のお母さんが微笑む。敏治さんがアルバムをめくった。知らない人たちの写真が続いたあと、家の写真が出てきた。

「ああ、これ。これがこの家だよ」

敏治さんが言った。たしかにこの家だ。まだあたらしいが、形は同じ。

「へえ、ほんとだ」

「それから……」

敏治さんがもう一ページめくる。そこに、着物姿の女の子の写真があった。

思わず声をあげそうになり、のみこんだ。

喜代さん。あの夜に見た、若返った喜代さんがそこに写っていた。

「かわいい……」

田辺の妹が写真をじっと見る。

ぱっちりした目。おかっぱの髪。ふっくらした頬。まぼろしといっしょだ。

「そうだろう、喜代はかわいかったんだ」

敏治さんが自慢げに言い、両手で顔をおさえる。

「若いころも、歳取ってからもずっとずっとかわいくて……」

ぼろぼろ泣いているのがわかり、田辺のお母さんが敏治さんの肩をぎゅっと抱いた。

弔問客もほとんどいなくなり、まだしばらく話していたい気持ちもあったけれど、親族でない僕があまり長居するのもよくないと思って、帰りのタクシーを呼んでもらった。数分後に到着すると聞き、敏治さん、お母さん、妹さんにあいさつして、外に出た。

「今日はありがとな」

見送りに出てきた田辺が言った。

「長居して悪かった」

「いや、遠野のおかげでみんなでアルバムも見られたしね。ああやって生きていたばあちゃんのことを思うのも、通夜には必要だろう」

田辺が空を見あげる。晴れていて月はない。暗い空に、星が光っている。

どこからかざあざあと、波のような雨のような音が聞こえてくる。蚕が桑の葉を食べる音。むかし蚕を飼っていたころは、こんな音があちらこちらに響いていたのだろう。

「なあ、遠野。さっき、ばあちゃんの部屋にいたとき……」

田辺が言った。

「話したのか、家と」

ためらうように訊いてくる。

「話したよ」

僕はうなずいた。

「家はなんて？」

「喜代はいなくなったわけじゃない、って」

「いなくなったわけじゃない？」

「うん。だれもいなくならない。喜代はここにいる、ずっといる、って」

「そうか」

田辺はうなずいた。

「ばあちゃん、前に言ってたもんなあ。自分も死んだら家のなかのひとつになる、って。そういうことなのかなあ」

そう言って、空を見あげる。

「わからない。喜代さんも言ってた。たいていのことはわからない、って」

亡くなったあとのことは、生きている僕たちにはわからない。それを見ようとするのは不遜《ふそん》なことだろう。僕たちにできるのは、この身体で生きていくことだけ。

「そうかもしれないね」

田辺はあきらめたように笑った。

「今日はほんとにありがとう。祖父も喜んでた」

「告別式にも来るよ。石野といっしょに」

「え、石野と?」

田辺が驚いた顔になる。

「前にここに来た石野と沢口とべんてんちゃんにも連絡しておいたんだ。沢口とべんてんちゃんは来られないけど、石野は来るって。石野にとっても、喜代さんと話したことが大きかったんじゃないかな」

「そうなのか……」

田辺は少し戸惑ったような顔になる。だがその顔を見て、田辺は大丈夫だと思った。

「ありがとう。石野にも、いつかちゃんと伝えるよ。ばあちゃんにも話したしね」

「そうだね。それがいい」

きっとうまくいくよ、と心のなかで思った。

車の光が見えてくる。たぶん田辺が呼んでくれたタクシーだろう。

僕たちは生きている。向こうの暗闇のことはわからないまま、あかるい場所で花が咲いたり、散ったりするように。そうしてたがいになにかを運ぶ。自分でもそれと知らないうちに。

春の匂いの風が吹いて、喜代さんが、またね、と言っているような気がした。

引用出典

吉野弘『吉野弘詩集』（ハルキ文庫、一九九九年）

本文カット／丹地陽子
本文デザイン／五十嵐徹
（芦澤泰偉事務所）

Haruki Bunko
ハルキ文庫
ほ 5-5

菓子屋横丁月光荘《かしやよこちょうげっこうそう》 金色姫《こんじきひめ》

著者 ほしおさなえ

2022年7月18日第一刷発行

発行者 角川春樹

発行所 株式会社角川春樹事務所
〒102-0074 東京都千代田区九段南2-1-30 イタリア文化会館

電話 03(3263)5247(編集)
03(3263)5881(営業)

印刷・製本 中央精版印刷株式会社

フォーマット・デザイン 芦澤泰偉
表紙イラストレーション 門坂 流

ISBN978-4-7584-4495-8 C0193 ©2022 Hoshio Sanae Printed in Japan
http://www.kadokawaharuki.co.jp/[営業]
fanmail@kadokawaharuki.co.jp[編集] ご意見・ご感想をお寄せください。